# LA LEYENDA DE LA CUEVA DE CRISTAL

# LA LEYENDA DE LA CUEVA DE CRISTAL

## DECLAN HUNTER

# CONTENTS

# Prólogo

**I**ntroducción a la leyenda de la cueva de cristal

En el corazón del antiguo bosque, envuelta en niebla y misterio, se encuentra la legendaria Cueva de Cristal. Durante siglos, se han susurrado historias sobre su existencia entre los habitantes del pueblo, que se han transmitido de generación en generación. Se dice que la cueva es un lugar de belleza incomparable, donde las paredes brillan con cristales que capturan la luz en una fascinante danza de colores. Pero el atractivo de la Cueva de Cristal no radica solo en su belleza; se cree que guarda secretos que podrían cambiar el curso de la historia.

La leyenda comienza con una antigua civilización, olvidada por el tiempo. Se decía que esta civilización, conocida como los Lumarianos , poseía conocimientos y tecnología mucho más allá de su era. Eran los guardianes de la Cueva de Cristal, y usaban su poder para aprovechar la energía y la sabiduría. Los Lumarianos creían que los cristales dentro de la cueva eran un regalo de los dioses, una fuente de poder infinito e iluminación. Sin embargo, como ocurre con todos los grandes poderes, tenía un precio.

**Una breve historia de los mitos que rodean la cueva**

Los mitos que rodean a la Cueva de Cristal son tan variados como intrigantes. Algunos dicen que la cueva era un santuario para los lumarianos , un lugar donde podían conectarse con lo divino y obtener conocimientos sobre el universo. Otros creen que la cueva era una prisión, un lugar donde los lumarianos atraparon a un espíritu maligno que amenazaba su existencia. Sin embargo, el mito más popular es que la cueva contiene la clave de la inmortalidad.

Según la leyenda, los cristales que hay en la cueva tienen el poder de curar cualquier dolencia y conceder la vida eterna. Muchos han buscado la cueva con la esperanza de descubrir sus secretos, pero pocos han regresado. Los que lo hicieron hablaron de sucesos extraños y fenómenos inexplicables. Algunos afirmaron haber tenido visiones del pasado y del futuro, mientras que otros dijeron haber oído voces que los guiaban a través de la oscuridad. La cueva, al parecer, estaba viva con su propia conciencia, guardando sus secretos ferozmente.

A lo largo de los siglos, la leyenda de la Cueva de Cristal fue creciendo y atrajo a aventureros, eruditos y cazadores de tesoros de todos los rincones del mundo. Todos esperaban ser los que descubrieran sus misterios y cosecharan sus recompensas. Sin embargo, a pesar de numerosas expediciones, la cueva seguía siendo esquiva y su entrada estaba oculta a las miradas indiscretas. El bosque que la rodeaba era traicionero, lleno de animales salvajes y un terreno peligroso. Muchos creían que la cueva estaba protegida por un poderoso encantamiento, uno que solo los dignos podían romper.

**Un evento misterioso que prepara el escenario para la historia**

Era una noche tormentosa cuando apareció la primera señal del despertar de la Cueva de Cristal. Los relámpagos atravesaron el cielo, iluminando el bosque en breves y cegadores estallidos. Los aldeanos se apiñaron en sus casas, escuchando el aullido del viento y el estruendo de los truenos. En medio de la tormenta, una luz brillante surgió del corazón del bosque, arrojando un resplandor inquietante que podía verse a kilómetros de distancia.

A la mañana siguiente, los aldeanos se reunieron en el borde del bosque, susurrando en voz baja sobre la extraña luz. Entre ellos se encontraba un anciano llamado Elías, el anciano de la aldea y guardián de las leyendas. Con un rostro curtido y ojos que habían visto muchos inviernos, Elías era una figura de sabiduría y respeto. Había pasado su vida estudiando los mitos de la Cueva de Cristal y sabía que la luz era una señal.

—La cueva te llama —dijo Elías con voz temblorosa de emoción y miedo—. Ha llegado el momento de revelar sus secretos.

La noticia de la misteriosa luz se extendió rápidamente y llegó a oídos de Alex, un joven y ambicioso arqueólogo. Alex siempre había estado fascinado por la leyenda de la Cueva de Cristal, y la noticia de la luz reavivó una chispa de curiosidad en su interior. Decidido a descubrir la verdad, Alex decidió embarcarse en un viaje para encontrar la cueva y descubrir sus secretos.

Mientras Alex se preparaba para la expedición, no podía quitarse de encima la sensación de que alguien lo estaba observando. A su alrededor empezaron a suceder cosas extrañas: objetos que se movían solos, susurros en la noche y sueños vívidos sobre la cueva. Era como si la cueva misma se acercara a él y lo guiara hacia su destino.

Con un equipo de expertos a su lado, Alex se adentró en el bosque siguiendo las pistas dejadas por los lumarianos . El viaje estuvo plagado de peligros e incertidumbre, pero la determinación de Alex nunca flaqueó. Sabía que las respuestas que buscaba se encontraban en la Cueva de Cristal y estaba dispuesto a arriesgarlo todo para encontrarlas.

Alex no sabía que la cueva contenía algo más que cristales y artefactos antiguos. Contenía la clave de una verdad que cambiaría su vida para siempre, una verdad que desafiaría todo lo que creía saber sobre el mundo y su lugar en él.

A medida que el equipo se adentraba más en el bosque, el aire se espesaba de expectación. La leyenda de la Cueva de Cristal estaba a punto de cobrar vida y, con ella, el comienzo de una aventura que pondría a prueba su coraje, su fe y sus propias almas.

# Capítulo 1: El descubrimiento

## Introducción del protagonista, Alex

Alex Carter no era un arqueólogo típico. A sus treinta y dos años, ya se había ganado un nombre en el mundo académico con sus audaces expediciones y descubrimientos revolucionarios. Con una complexión delgada y atlética y un brillo perpetuo de curiosidad en sus ojos color avellana, Alex estaba impulsado por una sed insaciable de conocimiento y aventura. Su cabello oscuro y rebelde y su apariencia robusta a menudo lo hacían parecer más un explorador de una era pasada que un científico moderno.

El amor de Alex por la arqueología se despertó a temprana edad. Al haber crecido en un pequeño pueblo, había pasado incontables horas explorando bosques y campos, imaginándose a sí mismo como un cazador de tesoros que descubría secretos antiguos. Sus padres, ambos entusiastas de la historia, habían alimentado su pasión, llenando su casa con libros sobre civilizaciones antiguas y relatos de exploradores legendarios. Cuando llegó a la universidad, Alex supo que la arqueología era su vocación.

Después de obtener su doctorado en Arqueología, Alex rápidamente se ganó una reputación por sus métodos poco convencionales y su enfoque intrépido. Había liderado expediciones a algunos de los lugares más remotos y peligrosos del planeta, desde las densas selvas del Amazonas hasta los abrasadores desiertos de Egipto. Sus descubrimientos le habían valido elogios y respeto, pero también lo habían convertido en blanco de la envidia y el escepticismo entre sus pares.

A pesar de su éxito, Alex siguió siendo humilde y accesible. Creía que el verdadero propósito de la arqueología no era solo descubrir artefactos, sino conectarse con el pasado y comprender las historias de quienes lo precedieron. Esta filosofía lo había guiado a lo largo de su carrera y le había ganado la lealtad y la admiración de su equipo.

**Alex recibe una carta críptica**

Era una fresca mañana de otoño cuando la vida de Alex dio un giro inesperado. Estaba en su estudio, rodeado de mapas y textos antiguos, cuando un golpe en la puerta interrumpió sus pensamientos. Abrió la puerta y se encontró con un joven mensajero que sostenía un sobre pequeño y desgastado.

—¿Doctor Carter? —preguntó el mensajero, entregándole el sobre—. Esto es para usted.

Alex dio las gracias al mensajero y cerró la puerta, examinando el sobre con curiosidad. Estaba hecho de un pergamino grueso y amarillento, y los bordes estaban desgastados por el paso del tiempo. No había remitente, solo su nombre escrito con una letra elegante y fluida.

Intrigado, Alex abrió cuidadosamente el sobre y sacó una sola hoja de papel. La carta estaba escrita con la misma letra elegante y, mientras leía las palabras, su corazón empezó a latir más rápido.

"Doctor Carter,

Espero que esta carta te llegue bien. He encontrado información que puede ser de gran interés para ti. Adjunto un mapa que indica la ubicación de la legendaria Cueva de Cristal. Creo que eres el único capaz de descubrir sus secretos.

Sin embargo, tenga cuidado: el viaje será peligroso y muchos lo han intentado y han fracasado. No confíe en nadie y proceda con cautela.

Atentamente, Un amigo"

Las manos de Alex temblaban mientras desplegaba el mapa. Era un mapa antiguo, dibujado a mano, de un bosque denso, con una serie de símbolos y marcas crípticos. En el centro del mapa había un pequeño símbolo en forma de estrella, que supuso que representaba la Cueva de Cristal.

Por un momento, Alex se sintió abrumado por una mezcla de emoción e incredulidad. La Cueva de Cristal era una de las leyendas más esquivas y buscadas en el mundo de la arqueología. Muchos la habían buscado, pero nadie lo había logrado. Si este mapa era auténtico, podría conducir al descubrimiento de su vida.

**Decisión de emprender el viaje**

Alex sabía que no podía emprender este viaje solo. Necesitaba un equipo de expertos que pudieran ayudarlo a superar los desafíos que se avecinaban. Inmediatamente pensó en sus colegas más cercanos: la Dra. Emily Hayes, una brillante historiadora con un profundo conocimiento de las civilizaciones antiguas; el Dr. Marcus Reed, un geólogo con un ojo agudo para los detalles; y Javier Morales, un experimentado guía local que había acompañado a Alex en muchas de sus expediciones anteriores.

Rápidamente organizó una reunión con su equipo, ansioso por compartir la noticia. Se reunieron en su estudio, sus rostros reflejaban una mezcla de curiosidad y escepticismo mientras Alex colocaba el mapa y la carta frente a ellos.

—¿Hablas en serio, Alex? —preguntó Emily, con el ceño fruncido por la preocupación—. ¿La cueva de cristal? ¿De verdad crees que este mapa es auténtico?

—Sé que parece una exageración —respondió Alex con voz firme—, pero piénsalo. Las leyendas, los mitos... siempre tienen algo de verdad. Y si existe la más mínima posibilidad de que este mapa sea real, tenemos que investigarlo.

Marcus se inclinó y examinó el mapa de cerca. "Los símbolos y las marcas coinciden con los artefactos lumarianos que hemos visto antes", dijo pensativo. "Pero aún es una posibilidad remota".

Javier, que había permanecido en silencio hasta ahora, tomó la palabra: "El bosque de este mapa es traicionero. Muchos han intentado encontrar la cueva y nunca han regresado. ¿Estás seguro de esto, Alex?"

Alex miró a Javier a los ojos y su determinación era inquebrantable. —Entiendo los riesgos, pero creo que vale la pena. Ya nos hemos enfrentado a peligros antes y siempre hemos salido fortalecidos. Este podría ser el descubrimiento de nuestra vida.

A pesar de sus reservas, la pasión y la convicción de Alex empezaron a influir en su equipo. Habían vivido incontables aventuras juntos y confiaban en sus instintos. Tras una larga discusión, aceptaron unirse a él en la expedición.

La noticia del plan de Alex se difundió rápidamente en la comunidad académica y las reacciones fueron diversas. Algunos de sus colegas se mostraron intrigados y lo apoyaron, mientras que otros se mostraron abiertamente escépticos. El Dr. Richard Bennett, un arqueólogo rival conocido por su enfoque conservador, fue particularmente expresivo en sus críticas.

"Esto es una imprudencia, Alex", dijo Bennett durante un acalorado debate en una conferencia. "Estás persiguiendo un mito, arriesgando tu carrera y la vida de tu equipo. ¿Has considerado las consecuencias?"

Alex se mantuvo tranquilo y su determinación inquebrantable. "Todo gran descubrimiento comienza con un acto de fe, Richard. La Cueva de Cristal es más que un mito: es una parte de nuestra historia que espera ser descubierta. Estoy dispuesto a correr ese riesgo".

Con el apoyo de su equipo y una decisión tomada, Alex comenzó a prepararse para el viaje. Reunieron suministros, estudiaron el mapa y planearon su ruta a través del denso bosque. A medida que se acercaba el día de la partida, Alex no pudo evitar sentir una sensación de anticipación y emoción. La leyenda de la Cueva de Cristal había cautivado su imaginación durante años y ahora estaba a punto de descubrir sus secretos.

La mañana de su partida, Alex se encontraba en el borde del bosque, con el mapa en la mano. Su equipo se reunió a su alrededor, sus rostros reflejaban una mezcla de determinación y aprensión. El viaje que les esperaba sería largo y arduo, pero estaban listos para enfrentar cualquier desafío que se les presentara en el camino.

A medida que se adentraban en el bosque, la densa cubierta de árboles se cerraba a su alrededor, proyectando largas sombras sobre el suelo. El aire estaba cargado de olor a tierra y follaje, y los sonidos de la vida silvestre resonaban entre los árboles. Con cada paso, Alex sentía un creciente sentido de propósito. La Cueva de Cristal estaba allí, esperando a ser descubierta, y él estaba decidido a descubrir sus secretos.

Lo que no sabían es que el viaje pondría a prueba sus límites de maneras que nunca hubieran imaginado. El bosque albergaba muchos peligros y el camino hacia la Cueva de Cristal estaba plagado de obstáculos. Pero la determinación inquebrantable de Alex y el vínculo entre su equipo los guiarían a través de la oscuridad, acercándolos a la verdad detrás de la leyenda.

# Capítulo 2: El viaje comienza

**R**euniendo al equipo

Alex sabía que para descubrir los secretos de la Cueva de Cristal, necesitaba un equipo de expertos que no solo fueran expertos en sus respectivos campos, sino también compañeros de confianza que pudieran afrontar los desafíos que se avecinaban. Comenzó por ponerse en contacto con la Dra. Emily Hayes, una brillante historiadora con un profundo conocimiento de las civilizaciones antiguas. Emily había sido una amiga cercana y colega durante años, y su experiencia en descifrar textos y símbolos antiguos era incomparable.

Emily estaba en su oficina de la universidad cuando recibió la llamada de Alex. Su oficina era un testimonio de su pasión por la historia, llena de estanterías con manuscritos antiguos, artefactos y mapas. Escuchó atentamente mientras Alex le explicaba el descubrimiento del mapa y la críptica carta.

—Alex, esto suena increíble —dijo Emily, con la voz llena de emoción—. La Cueva de Cristal siempre ha sido una leyenda fascinante. Si existe la más mínima posibilidad de que este mapa sea real, tenemos que investigarlo.

A continuación, Alex se puso en contacto con el Dr. Marcus Reed, un geólogo con un ojo agudo para los detalles y un don para comprender las formaciones geológicas que podrían llevarlos a la cueva. Marcus estaba en medio de un estudio de campo cuando recibió el mensaje de Alex. Rápidamente empacó su equipo y se dirigió al estudio de Alex.

—Alex, sabes que siempre estoy dispuesto a vivir una aventura —dijo Marcus con una sonrisa—. Si esta cueva existe, te ayudaré a encontrarla.

Finalmente, Alex contactó a Javier Morales, un experimentado guía local que lo había acompañado en muchas de sus expediciones anteriores. Javier era conocido por su amplio conocimiento del terreno y su habilidad para navegar por los entornos más desafiantes. Estaba en una aldea remota, ayudando con un proyecto comunitario, cuando recibió la llamada de Alex.

—Alex, amigo mío, ha pasado demasiado tiempo —dijo Javier con calidez—. Si vas a emprender otra aventura, cuenta conmigo. El bosque puede ser implacable, pero juntos podemos conquistarlo.

Una vez que su equipo estuvo reunido, Alex sintió una renovada determinación. Se reunieron en su estudio para analizar el plan y prepararse para el viaje que les esperaba.

**Partiendo hacia una ubicación remota**

La mañana de la partida estuvo llena de una mezcla de anticipación y emoción. El equipo reunió sus suministros y revisó dos veces su equipo y provisiones. Habían empacado todo lo que podrían necesitar para el viaje: tiendas de campaña, comida, agua, suministros médicos y herramientas para excavaciones y análisis.

Alex se encontraba en el borde del bosque, con el mapa en la mano. El denso dosel de árboles se alzaba ante ellos, proyectando largas sombras sobre el suelo del bosque. El aire estaba impregnado del olor a tierra y follaje, y los sonidos de la vida salvaje resonaban entre los árboles.

—¿Estamos listos? —preguntó Alex, mirando a su equipo.

Emily asintió con la cabeza y sus ojos brillaron de emoción. —Estamos tan preparados como siempre.

Marcus se acomodó la mochila y su rostro tenía una expresión de determinación. —Hagámoslo.

Javier sonrió tranquilizadoramente: "El bosque nos espera. Encontremos esa cueva".

Tras echar un último vistazo al mapa, Alex se adentró en el bosque. El viaje había comenzado.

**Desafíos iniciales y momentos de unión**

Los primeros días del viaje estuvieron llenos de desafíos. El bosque era denso e implacable, con matorrales espesos y árboles imponentes que parecían extenderse sin fin. El equipo tuvo que atravesar terrenos traicioneros, cruzar ríos y escalar colinas empinadas. A pesar de las dificultades, su espíritu se mantuvo alto.

Una tarde, mientras acampaban junto a un pequeño claro, Emily sacó su diario y comenzó a dibujar el paisaje. "Este lugar es increíble", dijo con voz llena de asombro. "Es como retroceder en el tiempo".

Marcus se unió a ella y examinó las rocas y el suelo. "Las formaciones geológicas de aquí son fascinantes. Si la cueva está cerca, la encontraremos".

Javier, que había estado recogiendo leña, regresó al campamento con un manojo de ramas. "Necesitaremos una buena fogata esta noche. La temperatura baja rápidamente en el bosque".

Mientras el fuego crepitaba y las estrellas comenzaban a brillar en el cielo, el equipo se reunió para compartir historias y risas. Fue durante esos momentos que se unieron, sus experiencias compartidas y el respeto mutuo fortalecieron su camaradería.

Una noche, mientras estaban sentados alrededor del fuego, Alex compartió una historia de una de sus expediciones anteriores. "Estábamos en lo profundo del Amazonas, buscando una ciudad perdida. La selva era implacable y enfrentamos innumerables peligros. Pero nunca nos rendimos y, al final, encontramos lo que buscábamos".

Emily sonrió y sus ojos reflejaron la luz del fuego. "Eso es lo que admiro de ti, Alex. Tu determinación y tu pasión. Es lo que te convierte en un gran líder".

Marcus levantó su cantimplora para brindar. "Por Alex y por la aventura que nos espera. Ojalá encontremos la Cueva de Cristal y descubramos sus secretos".

Javier asintió con la cabeza. "Y que podamos regresar sanos y salvos, con historias que contar y recuerdos que atesorar".

A medida que los días se convertían en semanas, el equipo continuó su viaje, enfrentándose a nuevos desafíos y superando obstáculos juntos. Se encontraron con animales salvajes, atravesaron una densa niebla y soportaron duras condiciones climáticas. Pero a pesar de todo, su vínculo se hizo más fuerte y su determinación nunca flaqueó.

Un día particularmente difícil, se encontraron al borde de un profundo barranco. La única forma de cruzar era un puente angosto y desvencijado que se balanceaba precariamente con el viento.

—Tenemos que cruzar —dijo Alex con voz firme—. Pero debemos tener cuidado. Un paso en falso y podría ser peligroso.

Emily respiró profundamente, con el corazón acelerado. —Yo iré primero —dijo, con la voz ligeramente temblorosa—. Si yo puedo, el resto también puede.

Con pasos lentos y pausados, Emily cruzó el puente, con la mirada fija en el otro lado. El puente crujió y se tambaleó, pero ella mantuvo el equilibrio y su determinación fue inquebrantable. Cuando finalmente llegó al otro lado, dejó escapar un suspiro de alivio.

—Tu turno, Marcus —dijo Alex, asintiendo con la cabeza para animarlo.

Marcus la siguió, y su instinto de geólogo lo ayudó a encontrar las partes más resistentes del puente. Se movió rápido pero con cuidado y pronto estuvo de pie junto a Emily, al otro lado.

Después fue Javier, cuya experiencia como guía se evidenciaba en sus pasos seguros. Cruzó el puente con facilidad y le hizo un gesto con el pulgar hacia arriba a Alex cuando llegó al otro lado.

Finalmente, llegó el turno de Alex. Respiró profundamente y pisó el puente, con la mirada fija en su equipo que lo esperaba. Con cada paso, sentía el peso del viaje que le aguardaba, pero también la fuerza del vínculo que habían formado. Cuando llegó al otro lado, fue recibido con vítores y aplausos.

—Lo hemos logrado —dijo Emily con voz llena de orgullo—. Estamos un paso más cerca de la Cueva de Cristal.

A medida que continuaban su viaje, los desafíos a los que se enfrentaban solo sirvieron para fortalecer su determinación. Sabían que el camino hacia la Cueva de Cristal no sería fácil, pero estaban listos para enfrentar lo que les aguardara. Juntos, descubrirían los secretos de la cueva y harían historia.

# Capítulo 3: La primera pista

**E**l equipo descubre un mapa antiguo

El bosque parecía extenderse sin fin, y su denso follaje proyectaba un crepúsculo perpetuo sobre el equipo a medida que avanzaban. Los días se convirtieron en semanas y el viaje comenzó a pasar factura. A pesar de los desafíos, la determinación de Alex nunca flaqueó. Sabía que se estaban acercando a la Cueva de Cristal y sus instintos le decían que estaban en el camino correcto.

Una tarde, mientras atravesaban una espesura particularmente densa, Javier gritó desde adelante: "¡Alex, Emily, Marcus! ¡Tenéis que ver esto!".

El equipo se apresuró a llegar hasta donde se encontraba Javier, con la mirada fija en una gran roca cubierta de musgo. En la superficie de la roca había tallados símbolos y marcas intrincados, parcialmente ocultos por el musgo y el liquen.

Los ojos de Emily se abrieron de par en par con emoción. "Estos símbolos... parecen lumarianos . Podría ser un hallazgo importante".

Marcus examinó los grabados de cerca. "Parece un mapa. Si podemos descifrar estos símbolos, tal vez nos lleven a la cueva".

Alex sintió una oleada de entusiasmo. "Manos a la obra. Emily, ¿puedes empezar a traducir los símbolos? Marcus, ve si puedes determinar las características geológicas que coinciden con el mapa".

Mientras Emily y Marcus se ponían a trabajar, Alex y Javier despejaban el musgo y los escombros, dejando al descubierto más de los grabados. Los símbolos eran intrincados y complejos, pero la experiencia de Emily en lenguas antiguas le permitió avanzar rápidamente.

—Estos símbolos indican puntos de referencia —explicó Emily con voz llena de emoción—. Un río, una montaña y un tipo específico de árbol. Si podemos encontrar estos puntos de referencia, podemos seguir el mapa hasta la cueva.

Marcus asintió y escudriñó el terreno circundante con la mirada. —El río debería estar al este, según la dirección de los grabados. Ahora tenemos que encontrar la montaña y el árbol.

Una vez descifrado parcialmente el mapa, el equipo sintió un renovado sentido de propósito. Ajustaron su rumbo y partieron en busca de los puntos de referencia, con el ánimo elevado por el descubrimiento.

**La tensión aumenta a medida que se encuentran con obstáculos y cazadores de tesoros rivales**

A medida que avanzaban, el bosque parecía volverse más traicionero. El terreno se volvía cada vez más difícil de recorrer, con acantilados escarpados, maleza densa y barrancos ocultos. El equipo se enfrentó a numerosos obstáculos, pero su determinación los mantuvo avanzando.

Una tarde, mientras estaban montando campamento junto a un pequeño arroyo, oyeron voces a lo lejos. Alex les hizo señas al equipo para que guardaran silencio y ellos escucharon atentamente. Las voces hablaban en voz baja, pero estaba claro que no estaban solos en el bosque.

—Cazadores de tesoros rivales —susurró Javier, entrecerrando los ojos—. Seguro que también han oído hablar de la Cueva de Cristal.

Alex apretó la mandíbula. —Tenemos que tener cuidado. Si descubren que estamos aquí, podría ser peligroso.

La presencia de cazadores de tesoros rivales añadió una nueva capa de tensión al viaje. El equipo sabía que tenía que mantenerse alerta y evitar llamar la atención. Se turnaban para vigilar por la noche, con los sentidos agudizados por el conocimiento de que no estaban solos.

A pesar de sus precauciones, los cazadores de tesoros rivales fueron implacables. Una mañana, mientras el equipo estaba desmontando el campamento, oyeron el sonido de pasos que se acercaban. Alex les hizo una señal a todos para que se escondieran y rápidamente se pusieron a cubierto detrás de los árboles y arbustos.

Un grupo de cuatro hombres emergió del bosque, escrutando el área con la mirada. Estaban fuertemente armados y parecían decididos. Uno de ellos, un hombre alto con una cicatriz en la mejilla, parecía ser el líder.

—Dispersaos y registrad la zona —ordenó el líder—. La cueva debe estar por aquí, en algún lugar.

El equipo contuvo la respiración, esperando que los cazadores de tesoros rivales no encontraran su escondite. Después de lo que pareció una eternidad, los hombres siguieron adelante y desaparecieron en el bosque.

Alex dejó escapar un suspiro de alivio. "Estuvo cerca. Tenemos que estar un paso por delante de ellos".

El encuentro con los cazadores de tesoros rivales no hizo más que reforzar la determinación de Alex. Sabía que tenían que encontrar la Cueva de Cristal antes que nadie. Había más en juego que nunca y el fracaso no era una opción.

## La determinación de Alex de descubrir la verdad se fortalece

A medida que pasaban los días, el equipo siguió las pistas del antiguo mapa. Encontraron más obstáculos, desde terrenos traicioneros hasta animales salvajes, pero su determinación nunca flaqueó. Cada desafío al que se enfrentaban solo los acercaba más y su vínculo se hacía más fuerte con cada día que pasaba.

Una tarde, mientras subían una ladera empinada, Emily se resbaló y casi se cae. Alex extendió la mano, la agarró del brazo y la puso a salvo.

—Gracias, Alex —dijo Emily con voz temblorosa—. No sé qué habría hecho sin ti.

—Estamos juntos en esto —respondió Alex, agarrándola con firmeza—. Encontraremos la cueva, cueste lo que cueste.

Cuando llegaron a la cima de la colina, se encontraron con una vista impresionante. A lo lejos, podían ver una montaña imponente, con su pico envuelto en niebla. En la base de la montaña había un bosque denso y, más allá, un río resplandeciente.

—Esto coincide con los puntos de referencia del mapa —dijo Marcus, con la voz llena de emoción—. Nos estamos acercando.

Con renovada determinación, el equipo siguió adelante, con su objetivo a la vista. Navegaron por el denso bosque, siguiendo el río hasta llegar a la base de la montaña. Allí, encontraron el tipo específico de árbol mencionado en los grabados, con sus ramas retorcidas que se extendían hacia el cielo.

—Aquí está —dijo Emily con voz llena de asombro—. La pista final. La cueva debe estar cerca.

Mientras buscaban por la zona, descubrieron un sendero angosto y oculto que conducía a la montaña. El camino era empinado y traicionero, pero sabían que era la única forma de avanzar. Con Alex a la cabeza, comenzaron el ascenso con el corazón palpitando de emoción.

La subida fue agotadora, pero su determinación nunca flaqueó. Cuando se acercaban a la cima, vieron un tenue destello de luz a lo lejos. Era la entrada a la Cueva de Cristal, oculta tras una cortina de enredaderas y musgo.

—La encontramos —dijo Alex con voz triunfal—. La cueva de cristal.

El equipo se encontraba en la entrada, con una mezcla de asombro y emoción en sus rostros. Habían superado innumerables obstáculos y se habían enfrentado a numerosos peligros, pero su viaje estaba lejos de terminar. La cueva guardaba secretos que podrían cambiar el curso de la historia y estaban decididos a descubrir la verdad.

Al entrar en la cueva, el aire se volvió fresco y húmedo, y las paredes brillaban con cristales que capturaban la luz en una fascinante danza de colores. La leyenda de la Cueva de Cristal había cobrado vida y, con ella, el comienzo de una aventura que pondría a prueba su coraje, su fe y sus propias almas.

# Capítulo 4: Hacia el desierto

## Navegando a través de bosques densos y terrenos traicioneros

La entrada a la Cueva de Cristal fue solo el comienzo. A medida que el equipo se adentraba más en el desierto, el bosque se volvía más denso y el terreno más desafiante. El camino a menudo estaba oculto por la espesa maleza y los árboles imponentes, lo que dificultaba la navegación. Javier, con su amplio conocimiento del terreno, abrió el camino, usando su machete para abrirse paso a través del follaje.

El bosque estaba repleto de sonidos de la vida salvaje. Los pájaros cantaban desde las copas de los árboles y el susurro de las hojas insinuaba la presencia de animales invisibles. El aire estaba cargado de olor a tierra y vegetación, y la humedad hacía que cada paso pareciera una lucha.

—No te alejes y ten cuidado —le aconsejó Javier con voz firme—. El bosque puede ser implacable.

A medida que avanzaban, el equipo se encontró con numerosos obstáculos. Tuvieron que cruzar ríos con corrientes rápidas, escalar laderas empinadas y atravesar densos matorrales de arbustos espinosos. Cada desafío puso a prueba su resistencia y determinación, pero siguieron adelante, impulsados por la promesa de la Cueva de Cristal.

Una tarde, llegaron a una zona particularmente peligrosa del bosque. El terreno era irregular, con raíces ocultas y rocas que amenazaban con hacerlos tropezar a cada paso. El dosel que había encima era tan espeso que bloqueaba la mayor parte de la luz del sol, cubriendo el suelo del bosque con un crepúsculo perpetuo.

—Cuidado con el suelo —le advirtió Marcus, escrutando el suelo con la mirada—. Si das un paso en falso, podrías torcerte un tobillo.

Emily asintió con la cabeza y su rostro reflejaba determinación. "Hemos llegado demasiado lejos como para dar marcha atrás. Solo tenemos que tener cuidado".

**Enfrentando peligros naturales y conflictos internos**

Mientras avanzaban por el denso bosque, el equipo se enfrentó no solo a peligros naturales sino también a conflictos internos. La tensión constante del viaje comenzó a pasar factura y las tensiones comenzaron a aumentar.

Una noche, mientras estaban montando el campamento, un aguacero repentino los tomó desprevenidos. La lluvia cayó a cántaros, calándolos hasta los huesos y dificultando la posibilidad de encender una fogata. Los ánimos se caldearon mientras luchaban por encontrar refugio y mantener secos los suministros.

—Llueve sin parar —murmuró Emily, con evidente frustración—. Ni siquiera podemos encender una fogata.

Javier intentó tranquilizarla: "Nos las arreglaremos. Ya nos hemos enfrentado a cosas peores antes. Centrémonos en encontrar algo de madera seca".

Mientras la lluvia continuaba, el equipo se acurrucó bajo una lona improvisada, con el ánimo decaído por el clima implacable. La tensión era palpable y no pasó mucho tiempo antes de que estallara una discusión.

—No estamos haciendo ningún progreso —dijo Marcus, con la voz teñida de frustración—. Llevamos días dando vueltas en círculos.

Alex, percibiendo la creciente discordia, intervino. "Sé que es difícil, pero no podemos rendirnos ahora. La cueva está ahí afuera y cada día nos acercamos más. Solo tenemos que mantenernos concentrados y trabajar juntos".

Emily suspiró y su ira dio paso al agotamiento. —Tienes razón, Alex. No podemos permitir que esta lluvia nos gane. Reagrupémonos y sigamos adelante.

Finalmente, la lluvia cesó y el equipo logró encender una pequeña fogata para calentarse . Mientras estaban sentados alrededor del fuego, sus ánimos comenzaron a mejorar. Compartieron historias y risas, y encontraron consuelo en la compañía de los demás.

A pesar de los desafíos, el vínculo entre los miembros del equipo se fortaleció. Aprendieron a confiar unos en otros y sus experiencias compartidas forjaron un sentido de camaradería que los ayudaría a superar los momentos más difíciles.

**Un descubrimiento significativo**

A medida que los días se convertían en semanas, el equipo continuó su viaje por el desierto. Se enfrentaron a numerosos peligros, desde serpientes venenosas hasta deslizamientos de tierra repentinos, pero su determinación nunca flaqueó. Cada obstáculo que superaron los acercó a su objetivo.

Una tarde, mientras atravesaban una zona especialmente densa del bosque, Javier se detuvo de repente y levantó la mano. "Espera", dijo con la voz llena de emoción. "Creo que he encontrado algo".

El equipo se reunió y Javier señaló una serie de marcas en un árbol grande. Las marcas eran tenues, pero eran inequívocamente símbolos lumarianos .

—Estos símbolos coinciden con los del mapa —dijo Emily, con los ojos muy abiertos por la emoción—. Estamos en el camino correcto.

Marcus examinó las marcas con atención. "Hay más", dijo, señalando una serie de flechas talladas en la corteza. "Estas flechas apuntan en una dirección específica. Tenemos que seguirlas".

Con renovada determinación, el equipo siguió las flechas, con un entusiasmo que crecía a cada paso. Las flechas los llevaron a través del bosque, guiándolos hacia su destino.

Después de varias horas de seguir el rastro, llegaron a un claro. En el centro del claro había una gran estructura de piedra antigua, parcialmente cubierta de musgo y enredaderas. La estructura estaba adornada con intrincados tallados y símbolos, y en su base había una pequeña entrada oculta.

—Ya está —dijo Alex con voz llena de asombro—. Hemos encontrado la entrada a la Cueva de Cristal.

El equipo permaneció en silencio, con el corazón palpitando de emoción. Habían superado innumerables obstáculos y se habían enfrentado a numerosos peligros, pero su viaje estaba lejos de terminar. La cueva guardaba secretos que podrían cambiar el curso de la historia y estaban decididos a descubrir la verdad.

Mientras se preparaban para entrar en la cueva, Alex sintió una oleada de emoción y determinación. La leyenda de la Cueva de Cristal había cautivado su imaginación durante años y ahora estaba a punto de descubrir sus secretos. Con su equipo a su lado, sabía que podrían enfrentar cualquier desafío que se les presentara.

La entrada a la cueva era estrecha y oscura, pero el equipo siguió adelante, con sus linternas iluminando el camino. El aire se volvió frío y húmedo a medida que se adentraban en la cueva, y las paredes comenzaron a brillar con cristales que capturaban la luz en una fascinante danza de colores.

—Es increíble —susurró Emily, con la voz llena de asombro—. Las leyendas eran ciertas.

Mientras exploraban la cueva, descubrieron artefactos antiguos e inscripciones que insinuaban el verdadero propósito de la cueva. Los cristales parecían latir con energía y el aire estaba impregnado de una sensación de misterio y asombro.

"Apenas hemos empezado a descubrir los secretos de este lugar", dijo Marcus con voz llena de emoción. "Hay mucho más que aprender".

Alex asintió, su determinación era más fuerte que nunca. "Estamos al borde de un gran descubrimiento. Sigamos avanzando y veamos qué más tiene que revelar esta cueva".

Con el ánimo en alto y la determinación fortalecida, el equipo continuó explorando la Cueva de Cristal. Sabían que el viaje que les esperaba estaría lleno de desafíos, pero estaban listos para enfrentar lo que se interpusiera en su camino. Juntos, descubrirían la verdad detrás de la leyenda y harían historia.

# Capítulo 5: La entrada oculta

**El equipo encuentra la entrada oculta a la cueva de cristal**
El descubrimiento de la antigua estructura de piedra había reavivado el entusiasmo y la determinación del equipo. Sabían que estaban cerca de descubrir los secretos de la Cueva de Cristal. Mientras se encontraban frente a la entrada oculta, parcialmente oculta por el musgo y las enredaderas, Alex sintió una oleada de anticipación.

—Vamos a limpiar esto —dijo Alex con voz firme—. Tenemos que ver qué hay dentro.

Con gran precisión, el equipo trabajó en conjunto para retirar las enredaderas y los escombros que cubrían la entrada. A medida que despejaban el último follaje, quedó al descubierto un pasadizo estrecho y oscuro. La entrada era pequeña, lo suficientemente ancha para que pasara una persona a la vez.

—Aquí es —susurró Emily, con los ojos muy abiertos por la sorpresa—. La entrada a la Cueva de Cristal.

Javier examinó el pasadizo y su linterna iluminó la oscuridad que había detrás. "Es angosto, pero podemos atravesarlo. Solo debemos tener cuidado".

Uno a uno, el equipo se abrió paso a través de la entrada, con sus linternas proyectando largas sombras en las paredes. El aire dentro del pasillo era frío y húmedo, y el sonido del agua goteando resonaba por el estrecho pasillo.

A medida que se adentraban en la cueva, el pasadizo empezó a ensancharse y dejó al descubierto una serie de túneles y cámaras. Las paredes estaban adornadas con intrincados grabados y símbolos, evidencia de la presencia de los lumarianos .

**Encontrando trampas y acertijos diseñados para proteger la cueva**

Cuanto más se adentraban en la cueva, más se daban cuenta de que los lumarianos habían hecho todo lo posible para proteger sus secretos. Los túneles estaban llenos de trampas y acertijos diseñados para disuadir a los intrusos y salvaguardar los tesoros de la cueva.

La primera trampa con la que se encontraron fue una serie de placas de presión incrustadas en el suelo. Javier, con su agudo ojo para los detalles, notó los contornos tenues de las placas y advirtió al equipo que tuviera cuidado.

—Pise sólo donde yo piso —le ordenó Javier con voz tranquila y firme—. Un movimiento en falso y podríamos desencadenar una trampa.

Con Javier a la cabeza, el equipo se desplazó con cuidado por las placas de presión, con movimientos lentos y deliberados. La tensión era palpable, pero lograron pasar sin incidentes.

A medida que se adentraban en la cueva, se encontraron con una serie de acertijos que requerían tanto de intelecto como de trabajo en equipo para resolverlos. Uno de ellos involucraba un conjunto de símbolos antiguos que debían colocarse en un orden específico para desbloquear una puerta oculta.

Emily estudió los símbolos, con el ceño fruncido en señal de concentración. "Estos símbolos representan los elementos: tierra, agua, fuego y aire. Tenemos que colocarlos en la secuencia correcta".

Con la ayuda de Emily, el equipo trabajó en conjunto para resolver el rompecabezas, con la mente concentrada y las manos firmes. Después de varios momentos de tensión, oyeron un clic satisfactorio cuando la puerta oculta se abrió y reveló una nueva cámara.

El siguiente desafío fue una serie de péndulos oscilantes, diseñados para desequilibrar a los intrusos. Marcus, con su formación en geología, notó un patrón en los movimientos de los péndulos.

—Tenemos que medir nuestros pasos con cuidado —dijo Marcus con voz decidida—. Síganme.

Con Marcus a la cabeza, el equipo navegó por los péndulos, con movimientos sincronizados y precisos. Lograron superar la prueba sin sufrir lesiones y su confianza fue creciendo con cada desafío que superaban.

**Una sensación de asombro y maravilla al entrar en la cueva**

A medida que superaban cada obstáculo, el equipo sentía una creciente sensación de asombro y admiración. La cueva no se parecía a nada que hubieran visto antes, sus paredes brillaban con cristales que capturaban la luz en una fascinante danza de colores. El aire estaba impregnado de una sensación de misterio y magia, y el equipo no pudo evitar sentir una profunda conexión con los antiguos lumarianos que habían creado este lugar.

Una cámara en particular los dejó sin aliento. Las paredes estaban cubiertas de cristales de todas las formas y tamaños, que reflejaban la luz en una deslumbrante variedad de colores. El suelo era liso y pulido, y en el centro de la cámara había un gran pedestal tallado de forma intrincada.

—Es increíble —susurró Emily, con voz llena de asombro—. Las leyendas eran ciertas. La Cueva de Cristal es real.

Alex se acercó al pedestal con el corazón palpitando de emoción. —Aquí hay algo —dijo con voz firme—. Una inscripción.

La inscripción estaba escrita en la antigua escritura lumariana y Emily se puso rápidamente a traducirla. Mientras leía las palabras, sus ojos se abrieron de par en par de la emoción.

"Esta inscripción cuenta la historia de los lumarianos y su conexión con los cristales", explicó Emily. "Dice que los cristales contienen el poder de los dioses y que solo aquellos que son dignos pueden descubrir sus secretos".

Marcus examinó los cristales de cerca y su instinto de geólogo se puso en marcha. "Estos cristales no se parecen a nada que haya visto antes. Parecen latir con energía".

Javier, que había estado explorando la cámara, gritó desde el otro lado: "Aquí hay otro pasadizo. Parece que conduce a las profundidades de la cueva".

Con la curiosidad despertada, el equipo siguió a Javier hacia el nuevo pasadizo. El aire se hacía más fresco y las paredes más estrechas a medida que se adentraban en la cueva. La sensación de asombro y expectación aumentaba con cada paso, y sabían que estaban a punto de hacer un gran descubrimiento.

Cuando llegaron al final del pasadizo, se encontraron en una gran cámara abierta. El techo era alto y abovedado, y las paredes estaban cubiertas de más cristales, cuya luz proyectaba un resplandor etéreo sobre la cámara.

En el centro de la cámara había un gran estanque de agua cristalina. El agua estaba quieta y en calma, reflejando la luz de los cristales que había encima. El aire estaba impregnado de una sensación de paz y tranquilidad, y el equipo no pudo evitar sentir un profundo sentimiento de reverencia por el lugar.

—Aquí es —dijo Alex con voz llena de asombro—. El corazón de la Cueva de Cristal.

El equipo permaneció en silencio, contemplando la belleza y majestuosidad de la cámara. Habían superado innumerables obstáculos y se habían enfrentado a numerosos peligros, pero su viaje estaba lejos de terminar. La cueva guardaba secretos que podrían cambiar el curso de la historia y estaban decididos a descubrir la verdad.

Mientras se encontraban al borde de la piscina de agua cristalina, Alex sintió una oleada de emoción y determinación. La leyenda de la Cueva de Cristal había cautivado su imaginación durante años y ahora estaba a punto de descubrir sus secretos. Con su equipo a su lado, sabía que podrían enfrentar cualquier desafío que se les presentara.

El viaje al corazón de la Cueva de Cristal apenas había comenzado y el equipo estaba listo para descubrir los misterios que se ocultaban en su interior. Juntos, explorarían las profundidades de la cueva, resolverían sus acertijos y descubrirían los secretos de los antiguos lumarianos .

# Capítulo 6: La cámara de cristal

**D**escripción de la impresionante belleza de la Cámara de Cristal

Cuando el equipo entró en el corazón de la Cueva de Cristal, se encontró con una vista que los dejó sin aliento. La Cámara de Cristal era un espacio amplio y abierto, con un techo que se elevaba sobre ellos y estaba adornado con innumerables cristales que brillaban como estrellas en el cielo nocturno. Las paredes estaban cubiertas de cristales de todas las formas y tamaños, y sus superficies reflejaban y refractaban la luz en una deslumbrante variedad de colores.

El suelo de la cámara era liso y pulido, con vetas de cristal que recorrían la piedra como ríos de luz. En el centro de la cámara había un gran estanque de agua cristalina, cuya superficie estaba completamente quieta y reflejaba los brillantes cristales que había encima. El aire era fresco y puro, lleno de una sensación de paz y tranquilidad que parecía envolver toda la cámara.

—Es increíble —susurró Emily con voz llena de asombro—. Nunca había visto nada igual.

Marcus asintió con la cabeza, con los ojos muy abiertos y asombrados. "La belleza de este lugar es indescriptible. Es como entrar en otro mundo".

Javier, que había estado explorando los bordes de la cámara, regresó al grupo con una mirada de asombro en su rostro. "Los lumarianos deben haber considerado este lugar sagrado. La artesanía y la belleza natural son incomparables".

Alex se encontraba al borde de la piscina, con el corazón palpitando de emoción. La leyenda de la Cueva de Cristal había cautivado su imaginación durante años, y ahora se encontraba en el mismo centro de la misma. La cámara era más hermosa de lo que jamás había imaginado, y sabía que estaban a punto de hacer un gran descubrimiento.

**El equipo descubre artefactos e inscripciones antiguas**

A medida que exploraban la Cámara de Cristal, el equipo comenzó a descubrir una gran cantidad de artefactos e inscripciones antiguas. Las paredes estaban adornadas con intrincados tallados y símbolos que contaban la historia de los lumarianos y su conexión con los cristales .

Emily, con su experiencia en lenguas antiguas, se puso rápidamente a traducir las inscripciones. "Estos grabados cuentan la historia de los lumarianos y su creencia en el poder de los cristales", explicó. "Creían que los cristales eran un regalo de los dioses, una fuente de poder y sabiduría infinitos".

Marcus, que había estado examinando los cristales de cerca, hizo un descubrimiento sorprendente. "Estos cristales no se parecen a nada que haya visto antes", dijo con la voz llena de emoción. "Parecen latir con energía, casi como si estuvieran vivos".

Javier, que había estado explorando los bordes de la cámara, gritó desde un nicho oculto: "Aquí hay algo", dijo, y su voz resonó por toda la cámara. "Un artefacto antiguo".

El equipo se reunió mientras Javier retiraba con cuidado el artefacto de su lugar de descanso. Era una caja pequeña, intrincadamente tallada, con la superficie cubierta de símbolos lumarianos. Al examinar la caja, se dieron cuenta de que era un rompecabezas, diseñado para proteger lo que había dentro.

—Veamos si podemos resolver esto —dijo Alex con voz decidida—. Debe haber una forma de abrirlo.

Con la ayuda de Emily, el equipo trabajó en conjunto para resolver el rompecabezas, con la mente concentrada y las manos firmes. Después de varios momentos de tensión, oyeron un clic satisfactorio cuando la caja se abrió y reveló un pequeño frasco transparente lleno de un líquido brillante.

—Esto debe ser lo que los lumarianos estaban protegiendo —dijo Emily, con voz llena de asombro—. El líquido dentro de este frasco podría contener la clave de su poder.

A medida que continuaban explorando la cámara, descubrieron más artefactos e inscripciones, cada uno de los cuales contribuía a su comprensión de los lumarianos y su conexión con los cristales. La cámara estaba llena de una sensación de misterio y asombro, y el equipo no pudo evitar sentir una profunda conexión con la antigua civilización que había creado este lugar.

**Pistas que sugieren que la cueva contiene algo más que cristales**

A medida que profundizaban en la Cámara de Cristal, el equipo comenzó a descubrir pistas que sugerían que la cueva contenía algo más que cristales. Las inscripciones en las paredes insinuaban un propósito más profundo, un poder oculto que los lumarianos habían tratado de proteger.

Una inscripción en particular llamó la atención de Emily. Se trataba de una serie de símbolos dispuestos en un patrón circular, con un símbolo central que parecía latir con energía.

—Esta inscripción es diferente a las demás —dijo Emily, frunciendo el ceño por la concentración—. Parece un mapa, pero no se parece a ningún otro mapa que haya visto antes.

Marcus examinó la inscripción con atención y su instinto de geólogo se puso en marcha. "El símbolo central parece un cristal, pero es diferente de los que hemos visto hasta ahora. Parece ser una especie de llave".

Javier, que había estado explorando los bordes de la cámara, regresó con una expresión de emoción en su rostro. "Creo que he encontrado algo", dijo, con la voz llena de anticipación. "Hay un pasadizo oculto detrás de una de las paredes".

El equipo se dirigió rápidamente hacia el pasadizo oculto, con el corazón palpitando de emoción. El pasadizo era angosto y oscuro, pero siguieron adelante, con sus linternas iluminando el camino.

A medida que se adentraban más en el pasadizo, empezaron a notar una serie de símbolos y marcas en las paredes. Los símbolos parecían guiarlos y conducirlos hacia las profundidades de la cueva.

—Este pasadizo debe llevarnos a algo importante —dijo Alex con voz decidida—. Tenemos que seguir adelante.

Después de varios momentos de tensión, llegaron al final del pasadizo y se encontraron en una pequeña cámara oculta. La cámara estaba llena de cristales y su luz proyectaba un brillo etéreo sobre la habitación. En el centro de la cámara había un gran pedestal tallado de forma intrincada, similar al que habían visto en la cámara principal.

—Esta debe ser la clave —dijo Emily con voz llena de emoción—. El símbolo central del mapa coincide con el símbolo de este pedestal.

Mientras examinaban el pedestal, notaron una serie de pequeños frascos transparentes dispuestos en un patrón circular alrededor del símbolo central. Cada frasco estaba lleno de un líquido brillante, similar al que habían encontrado en la caja del rompecabezas.

—Este líquido debe ser la fuente del poder de los lumarianos —dijo Marcus con voz llena de asombro—. Tenemos que descubrir cómo descubrir sus secretos.

Con la ayuda de Emily, el equipo trabajó en conjunto para descifrar los símbolos del pedestal. Después de varios momentos de tensión, oyeron un clic satisfactorio cuando el símbolo central comenzó a brillar con una luz brillante.

La luz se hizo cada vez más brillante y llenó la cámara con una deslumbrante variedad de colores. Cuando la luz alcanzó su punto máximo, el símbolo central comenzó a latir con energía y los frascos que lo rodeaban comenzaron a brillar.

—Ya está —dijo Alex con voz llena de asombro—. Desvelamos el secreto de la Cueva de Cristal.

Mientras la luz seguía latiendo, el equipo sintió una oleada de energía que recorría sus cuerpos. El aire se llenó de una sensación de poder y asombro, y supieron que habían descubierto algo verdaderamente extraordinario.

La leyenda de la Cueva de Cristal había cobrado vida y, con ella, el comienzo de una aventura que pondría a prueba su valor, su fe y sus propias almas. La cueva guardaba secretos que podrían cambiar el curso de la historia y estaban decididos a descubrir la verdad.

Mientras se encontraban en la cámara oculta, rodeados por la luz pulsante de los cristales, Alex sintió una oleada de emoción y determinación. El viaje al corazón de la Cueva de Cristal apenas había comenzado y el equipo estaba listo para enfrentar cualquier desafío que se les presentara. Juntos, explorarían las profundidades de la cueva, resolverían sus acertijos y descubrirían los secretos de los antiguos lumarianos .

# Capítulo 7: La advertencia del guardián

**El equipo se encuentra con un espíritu guardián o un antiguo protector**

La luz parpadeante de la cámara oculta comenzó a desvanecerse, dejando al equipo en un estado de asombro y maravilla. Habían descubierto un secreto importante de la Cueva de Cristal, pero sentían que su viaje estaba lejos de terminar. Mientras se preparaban para explorar más, un frío repentino llenó el aire y los cristales a su alrededor comenzaron a brillar con un brillo espeluznante.

—¿Lo sientes? —susurró Emily con voz temblorosa—. Es como si el aire se hubiera enfriado.

Antes de que alguien pudiera responder, una luz suave y etérea apareció en el otro extremo de la cámara. La luz se hizo más brillante y adoptó una forma humanoide. La figura que emergió era translúcida, con un aura que irradiaba sabiduría y poder. Era el espíritu guardián de la Cueva de Cristal, un antiguo protector encargado de salvaguardar sus secretos.

Los ojos del guardián, que brillaban con una luz sobrenatural, escrutaron al equipo con una mezcla de curiosidad y cautela. Cuando habló, su voz resonó en la cámara con un tono profundo y melódico.

—¿Quién se atreve a entrar en la sagrada cueva de cristal? —preguntó el guardián con voz llena de autoridad—. ¿Qué es lo que buscáis?

Alex dio un paso adelante, con el corazón palpitando con una mezcla de miedo y determinación. —Somos exploradores y eruditos —dijo con voz firme—. Buscamos descubrir los secretos de los lumarianos y su conexión con los cristales. No tenemos malas intenciones.

La mirada del guardián se suavizó un poco, pero su expresión permaneció severa. —Los lumarianos me confiaron la protección de esta cueva y sus secretos. Muchos han buscado su poder, pero pocos han sido dignos de ello. ¿Qué te hace creer que eres diferente?

**Una advertencia sobre los peligros de perturbar los secretos de la cueva**

La presencia del guardián llenó la cámara con una sensación de reverencia y admiración. El equipo escuchó atentamente mientras el guardián continuaba hablando, su voz transmitía una advertencia que les provocó escalofríos en la columna vertebral.

"Los cristales de esta cueva tienen un gran poder", dijo el guardián. "Poder que puede curar, iluminar y transformar. Pero un gran poder conlleva un gran peligro. Los lumarianos lo entendieron y crearon esta cueva para proteger al mundo de quienes harían un mal uso de sus dones".

Los ojos del guardián brillaron más mientras hablaba y su voz se hizo más intensa. "Quienes buscan el poder de los cristales deben demostrar que son dignos. Deben demostrar sabiduría, coraje y un corazón puro. Para quienes no son dignos, la cueva se convertirá en un lugar de peligro y desesperación".

Emily, con voz llena de curiosidad, preguntó: "¿Qué debemos hacer para demostrar que somos dignos?"

La mirada del guardián se volvió hacia Emily, con expresión pensativa. "Debes enfrentar las pruebas de la cueva. Estas pruebas pondrán a prueba tu mente, tu cuerpo y tu espíritu. Solo al superar estos desafíos podrás desbloquear el verdadero poder de los cristales".

Marcus, con voz firme, preguntó: "¿De qué tipo de desafíos estamos hablando?"

Los ojos del guardián brillaron con una luz misteriosa. "Las pruebas son diferentes para cada buscador. Están diseñadas para revelar su verdadera naturaleza y poner a prueba su determinación. Algunos enfrentarán desafíos físicos, mientras que otros enfrentarán sus miedos más profundos. Solo aquellos que se mantengan fieles a sí mismos tendrán éxito".

Javier, con voz llena de determinación, dijo: "Estamos listos para enfrentar cualquier desafío que se nos presente. Hemos llegado hasta aquí y no daremos marcha atrás".

El guardián asintió con expresión solemne. —Muy bien. Pero ten cuidado: las pruebas no deben tomarse a la ligera. Muchos lo han intentado y han fracasado. La cueva revelará tus fortalezas y debilidades, y solo aquellos que sean verdaderamente dignos prevalecerán.

**La determinación de Alex de continuar a pesar de los riesgos**

Cuando la advertencia del guardián resonó en la cámara, Alex sintió una oleada de determinación. Sabía que el viaje que les aguardaba estaría plagado de peligros, pero estaba dispuesto a enfrentar cualquier desafío que se interpusiera en su camino. La leyenda de la Cueva de Cristal había cautivado su imaginación durante años y estaba decidido a descubrir sus secretos.

"Entendemos los riesgos", dijo Alex con voz decidida. "Pero estamos comprometidos con este viaje. Afrontaremos las pruebas y demostraremos que somos dignos".

La mirada del guardián se suavizó y asintió con aprobación. "Muy bien. Las pruebas te esperan. Ojalá encuentres la fuerza y la sabiduría para superarlas".

Con la bendición del guardián, el equipo se preparó para enfrentar las pruebas de la Cueva de Cristal. Sabían que el viaje que les aguardaba pondría a prueba sus límites, pero estaban listos para enfrentar cualquier desafío que se les presentara en el camino. Juntos, descubrirían los secretos de la cueva y desbloquearían el poder de los cristales.

A medida que se adentraban en la cueva, el aire se volvía más frío y la luz de los cristales parecía latir con una sensación de anticipación. El equipo sabía que las pruebas serían difíciles, pero su vínculo y determinación los guiarían a través de la oscuridad.

La primera prueba les esperaba y, con ella, el comienzo de una aventura que pondría a prueba su valor, su fe y sus almas. La leyenda de la Cueva de Cristal había cobrado vida y el equipo estaba preparado para afrontar cualquier desafío que les aguardara.

# Capítulo 8:
# Desentrañando los mitos

**E**l equipo descifra las inscripciones y descubre la verdadera historia de la cueva

La advertencia del espíritu guardián resonó en sus mentes mientras el equipo se adentraba más en la Cueva de Cristal. El aire se volvió más frío y la luz de los cristales parecía latir con una sensación de anticipación. Sabían que las pruebas que les esperaban serían desafiantes, pero su determinación por descubrir los secretos de la cueva los impulsaba a seguir adelante.

Mientras exploraban las cámaras ocultas, descubrieron más inscripciones y grabados en las paredes. Emily, con su experiencia en lenguas antiguas, se puso rápidamente a trabajar para descifrar los símbolos. Las inscripciones eran intrincadas y complejas, y contaban la historia de los lumarianos y su conexión con los cristales.

"Estas inscripciones son increíbles", dijo Emily con voz llena de emoción. "Cuentan la historia de los lumarianos y su creencia en el poder de los cristales. Parece que los cristales no eran solo una fuente de energía, sino también un medio de comunicación con lo divino".

Marcus examinó las tallas de cerca y su instinto de geólogo se puso en marcha. "Los lumarianos deben haber tenido un profundo conocimiento de las propiedades de los cristales. Estas tallas sugieren que utilizaban los cristales para aprovechar la energía y obtener conocimientos sobre el universo".

Javier, que había estado explorando los bordes de la cámara, regresó con una expresión de emoción en su rostro. "Encontré otra inscripción", dijo, y su voz resonó en la cámara. "Parece ser un mapa de la cueva, que muestra la ubicación de las diferentes cámaras y su significado".

A medida que juntaban las inscripciones, el equipo comenzó a descubrir la verdadera historia de la Cueva de Cristal. Los lumarianos habían creado la cueva como un santuario, un lugar donde podían conectarse con lo divino y obtener sabiduría y conocimiento. Se creía que los cristales eran un regalo de los dioses, una fuente de poder infinito e iluminación.

**Conexiones con civilizaciones antiguas y conocimientos perdidos**

A medida que profundizaban en la historia de los lumarianos , el equipo comenzó a ver conexiones con otras civilizaciones antiguas. Los símbolos y las tallas de la cueva tenían sorprendentes similitudes con los encontrados en otros sitios antiguos de todo el mundo.

—Estos símbolos son similares a los que utilizaban los antiguos egipcios —dijo Emily con voz llena de asombro—. Es posible que los lumarianos tuvieran contacto con otras civilizaciones antiguas y compartieran sus conocimientos y tecnología.

Marcus asintió con la cabeza, con los ojos muy abiertos por la emoción. "Las formaciones geológicas de esta cueva también son similares a las que se encuentran en otros sitios antiguos. Es posible que los lumarianos tuvieran un conocimiento profundo de la energía natural de la Tierra y la usaran para crear estas increíbles estructuras".

Javier, que había estado examinando una serie de grabados en la pared, añadió: "Estos grabados sugieren que los lumarianos tenían conocimientos de astronomía y matemáticas muy adelantados a su tiempo. Debieron haber sido una civilización increíblemente avanzada".

A medida que continuaban explorando la cueva, el equipo descubrió más evidencia de las conexiones de los lumarianos con otras civilizaciones antiguas. Encontraron artefactos e inscripciones que insinuaban la existencia de una vasta red de conocimiento y tecnología que se había perdido en la historia.

"Los lumarianos no eran solo una civilización aislada", dijo Alex, con voz llena de asombro. "Eran parte de una red más grande de civilizaciones antiguas que compartían conocimiento y tecnología. La Cueva de Cristal es un testimonio de sus increíbles logros".

**La constatación de que los mitos se basaban en hechos reales**

A medida que iban reconstruyendo la historia de los lumarianos y su conexión con los cristales, el equipo empezó a darse cuenta de que los mitos y leyendas que rodeaban a la Cueva de Cristal se basaban en hechos reales. Las historias sobre el poder de la cueva y la sabiduría de los lumarianos no eran solo cuentos fantásticos, sino reflejos de una civilización extraordinaria que alguna vez existió.

—Los mitos eran ciertos —dijo Emily, con la voz llena de asombro—. Los lumarianos eran una civilización real y la Cueva de Cristal era su santuario. Las leyendas sobre el poder de la cueva y la sabiduría de los lumarianos se basaban en hechos reales.

Marcus asintió con la cabeza, con los ojos muy abiertos por la emoción. —Los cristales de esta cueva no se parecen a nada que hayamos visto antes. Parecen latir con energía, casi como si estuvieran vivos. Los lumarianos deben haber tenido un profundo conocimiento de sus propiedades y los utilizaron para obtener un poder increíble.

Javier, que había estado examinando una serie de grabados en la pared, añadió: "Estos grabados sugieren que los lumarianos tenían conocimientos de astronomía y matemáticas muy adelantados a su tiempo. Debieron haber sido una civilización increíblemente avanzada".

A medida que continuaban explorando la cueva, el equipo descubrió más evidencia de las conexiones de los lumarianos con otras civilizaciones antiguas. Encontraron artefactos e inscripciones que insinuaban la existencia de una vasta red de conocimiento y tecnología que se había perdido en la historia.

"Los lumarianos no eran solo una civilización aislada", dijo Alex, con voz llena de asombro. "Eran parte de una red más grande de civilizaciones antiguas que compartían conocimiento y tecnología. La Cueva de Cristal es un testimonio de sus increíbles logros".

A medida que iban reconstruyendo la historia de los lumarianos y su conexión con los cristales, el equipo empezó a darse cuenta de que los mitos y leyendas que rodeaban a la Cueva de Cristal se basaban en hechos reales. Las historias sobre el poder de la cueva y la sabiduría de los lumarianos no eran solo cuentos fantásticos, sino reflejos de una civilización extraordinaria que alguna vez existió.

—Los mitos eran ciertos —dijo Emily, con la voz llena de asombro—. Los lumarianos eran una civilización real y la Cueva de Cristal era su santuario. Las leyendas sobre el poder de la cueva y la sabiduría de los lumarianos se basaban en hechos reales.

Marcus asintió con la cabeza, con los ojos muy abiertos por la emoción. —Los cristales de esta cueva no se parecen a nada que hayamos visto antes. Parecen latir con energía, casi como si estuvieran vivos. Los lumarianos deben haber tenido un profundo conocimiento de sus propiedades y los utilizaron para obtener un poder increíble.

Javier, que había estado examinando una serie de grabados en la pared, añadió: "Estos grabados sugieren que los lumarianos tenían conocimientos de astronomía y matemáticas muy adelantados a su tiempo. Debieron haber sido una civilización increíblemente avanzada".

A medida que continuaban explorando la cueva, el equipo descubrió más evidencia de las conexiones de los lumarianos con otras civilizaciones antiguas. Encontraron artefactos e inscripciones que insinuaban la existencia de una vasta red de conocimiento y tecnología que se había perdido en la historia.

"Los lumarianos no eran solo una civilización aislada", dijo Alex, con voz llena de asombro. "Eran parte de una red más grande de civilizaciones antiguas que compartían conocimiento y tecnología. La Cueva de Cristal es un testimonio de sus increíbles logros".

A medida que iban reconstruyendo la historia de los lumarianos y su conexión con los cristales, el equipo empezó a darse cuenta de que los mitos y leyendas que rodeaban a la Cueva de Cristal se basaban en hechos reales. Las historias sobre el poder de la cueva y la sabiduría de los lumarianos no eran solo cuentos fantásticos, sino reflejos de una civilización extraordinaria que alguna vez existió.

—Los mitos eran ciertos —dijo Emily, con la voz llena de asombro—. Los lumarianos eran una civilización real y la Cueva de Cristal era su santuario. Las leyendas sobre el poder de la cueva y la sabiduría de los lumarianos se basaban en hechos reales.

Marcus asintió con la cabeza, con los ojos muy abiertos por la emoción. —Los cristales de esta cueva no se parecen a nada que hayamos visto antes. Parecen latir con energía, casi como si estuvieran vivos. Los lumarianos deben haber tenido un profundo conocimiento de sus propiedades y los utilizaron para obtener un poder increíble.

Javier, que había estado examinando una serie de grabados en la pared, añadió: "Estos grabados sugieren que los lumarianos tenían conocimientos de astronomía y matemáticas muy adelantados a su tiempo. Debieron haber sido una civilización increíblemente avanzada".

A medida que continuaban explorando la cueva, el equipo descubrió más evidencia de las conexiones de los lumarianos con otras civilizaciones antiguas. Encontraron artefactos e inscripciones que insinuaban la existencia de una vasta red de conocimiento y tecnología que se había perdido en la historia.

"Los lumarianos no eran solo una civilización aislada", dijo Alex, con voz llena de asombro. "Eran parte de una red más grande de civilizaciones antiguas que compartían conocimiento y tecnología. La Cueva de Cristal es un testimonio de sus increíbles logros".

A medida que iban reconstruyendo la historia de los lumarianos y su conexión con los cristales, el equipo empezó a darse cuenta de que los mitos y leyendas que rodeaban a la Cueva de Cristal se basaban en hechos reales. Las historias sobre el poder de la cueva y la sabiduría de los lumarianos no eran solo cuentos fantásticos, sino reflejos de una civilización extraordinaria que alguna vez existió.

—Los mitos eran ciertos —dijo Emily, con la voz llena de asombro—. Los lumarianos eran una civilización real y la Cueva de Cristal era su santuario. Las leyendas sobre el poder de la cueva y la sabiduría de los lumarianos se basaban en hechos reales.

Marcus asintió con la cabeza, con los ojos muy abiertos por la emoción. —Los cristales de esta cueva no se parecen a nada que hayamos visto antes. Parecen latir con energía, casi como si estuvieran vivos. Los lumarianos deben haber tenido un profundo conocimiento de sus propiedades y los utilizaron para obtener un poder increíble.

Javier, que había estado examinando una serie de grabados en la pared, añadió: "Estos grabados sugieren que los lumarianos tenían conocimientos de astronomía y matemáticas muy adelantados a su tiempo. Debieron haber sido una civilización increíblemente avanzada".

A medida que continuaban explorando la cueva, el equipo descubrió más evidencia de las conexiones de los lumarianos con otras civilizaciones antiguas. Encontraron artefactos e inscripciones que insinuaban la existencia de una vasta red de conocimiento y tecnología que se había perdido en la historia.

"Los lumarianos no eran solo una civilización aislada", dijo Alex, con voz llena de asombro. "Eran parte de una red más grande de civilizaciones antiguas que compartían conocimiento y tecnología. La Cueva de Cristal es un testimonio de sus increíbles logros".

A medida que iban reconstruyendo la historia de los lumarianos y su conexión con los cristales, el equipo empezó a darse cuenta de que los mitos y leyendas que rodeaban a la Cueva de Cristal se basaban en hechos reales. Las historias sobre el poder de la cueva y la sabiduría de los lumarianos no eran solo cuentos fantásticos, sino reflejos de una civilización extraordinaria que alguna vez existió.

"Los mitos eran ciertos", dijo Emily, con la voz llena de asombro.

# Capítulo 9: La amenaza oculta

**Los cazadores de tesoros rivales reaparecen y representan una amenaza importante**

El equipo había logrado avances significativos en el descubrimiento de los secretos de la Cueva de Cristal. Habían descifrado inscripciones antiguas, descubierto conexiones con otras civilizaciones antiguas y se habían dado cuenta de que los mitos que rodeaban a la cueva se basaban en hechos reales. Sin embargo, su viaje estaba lejos de terminar y les aguardaban nuevos desafíos.

A medida que se adentraban en la cueva, el aire se volvía más frío y la luz de los cristales parecía atenuarse. La sensación de asombro y maravilla que los había embargado antes fue reemplazada por una creciente sensación de inquietud. Sabían que las pruebas que les aguardaban pondrían a prueba sus límites, pero estaban decididos a seguir adelante.

Una tarde, mientras montaban el campamento en una pequeña cámara, oyeron el débil sonido de voces que resonaban por los túneles. Alex les hizo un gesto al equipo para que guardaran silencio y ellos escucharon atentamente. Las voces se acercaban y estaba claro que no estaban solos en la cueva.

—Son ellos —susurró Javier, entrecerrando los ojos—. Los cazadores de tesoros rivales. Deben habernos seguido.

Alex apretó la mandíbula. —Tenemos que permanecer ocultos. Si nos encuentran, podría ser peligroso.

El equipo apagó rápidamente la fogata y se cubrió detrás de las rocas y los cristales. Observaron cómo los cazadores de tesoros rivales entraban en la cámara, con sus linternas proyectando largas sombras en las paredes. El líder del grupo, un hombre alto con una cicatriz en la mejilla, escudriñó el área con una mirada de determinación.

—Dispersaos y registrad la zona —ordenó el líder—. La cueva debe estar por aquí, en algún lugar.

Los cazadores de tesoros rivales comenzaron a registrar la cámara, con movimientos deliberados y metódicos. El equipo contuvo la respiración, esperando que no los descubrieran. Después de lo que pareció una eternidad, los cazadores de tesoros rivales siguieron adelante y desaparecieron en los túneles.

Alex dejó escapar un suspiro de alivio. "Estuvo cerca. Tenemos que estar un paso por delante de ellos".

**Una confrontación que pone a prueba la unidad y el ingenio del equipo**

La presencia de los cazadores de tesoros rivales añadió una nueva capa de tensión al viaje. El equipo sabía que tenía que mantenerse alerta y evitar llamar la atención. Se turnaban para vigilar por la noche, con los sentidos agudizados por el conocimiento de que los perseguían.

A pesar de sus precauciones, los cazadores de tesoros rivales fueron implacables. Una mañana, mientras el equipo exploraba un pasadizo especialmente estrecho, oyeron el sonido de pasos que se acercaban por detrás. Alex les hizo una señal a todos para que se escondieran y rápidamente se pusieron a cubierto detrás de las rocas.

Los cazadores de tesoros rivales entraron en el pasadizo, iluminando con sus linternas el estrecho pasillo. El líder del grupo, con los ojos llenos de determinación, encabezó la marcha.

—Nos estamos acercando —dijo el líder, y su voz resonó en el pasillo—. Los secretos de la cueva están a nuestro alcance.

A medida que los cazadores de tesoros rivales se adentraban en el pasadizo, uno de ellos notó un tenue destello de luz que se reflejaba en los cristales. Apuntó con su linterna hacia la fuente de luz y vio al equipo escondido detrás de las rocas.

—¡Allí están! —gritó con voz llena de emoción—. ¡Los encontramos!

Los cazadores de tesoros rivales rodearon rápidamente al equipo, con las armas desenvainadas. El líder dio un paso adelante, con una sonrisa de satisfacción en su rostro.

—Bueno, bueno, bueno —dijo con voz llena de sarcasmo—. Parece que te hemos atrapado. Entrégame el mapa y los artefactos y tal vez te dejemos ir.

Alex se mantuvo firme, con los ojos llenos de determinación. —No te vamos a dar nada. Los secretos de la Cueva de Cristal pertenecen a todos, no solo a quienes buscan explotarlos.

La sonrisa del líder se desvaneció y fue reemplazada por una mirada de enojo. "Estás cometiendo un gran error, Carter. No dudaremos en usar la fuerza si es necesario".

Antes de que la situación pudiera empeorar, Emily dio un paso adelante, con voz tranquila y firme. "No hay necesidad de violencia. Podemos trabajar juntos para descubrir los secretos de la cueva. Aquí hay suficiente para todos nosotros".

El líder dudó y entrecerró los ojos mientras consideraba las palabras de Emily. —¿Y por qué deberíamos confiar en ti?

Emily lo miró a los ojos con una expresión sincera . —Porque todos estamos aquí por la misma razón. Queremos descubrir la verdad y compartirla con el mundo. Podemos lograr más trabajando juntos que luchando entre nosotros.

El líder pareció considerar sus palabras por un momento antes de bajar su arma. "Está bien. Trabajaremos juntos, pero no pienses ni por un segundo que confiamos en ti".

Al evitarse la amenaza inmediata de violencia, los dos grupos acordaron una tregua temporal y continuaron explorando la cueva; su precaria alianza puso a prueba su unidad y su ingenio.

**El descubrimiento de una cámara oculta con un poderoso artefacto**

A medida que se adentraban más en la cueva, los esfuerzos combinados de los dos grupos comenzaron a dar resultados. Descubrieron más inscripciones y artefactos, cada uno de los cuales contribuía a su comprensión de los lumarianos y su conexión con los cristales.

Una tarde, mientras exploraban un pasadizo especialmente estrecho, Javier notó un tenue destello de luz que se reflejaba en los cristales. Apuntó con su linterna hacia la fuente de luz y descubrió una puerta oculta, parcialmente oculta por las rocas.

—Aquí hay algo —dijo Javier con voz llena de emoción—. Una puerta oculta.

El equipo se reunió rápidamente mientras Javier examinaba la puerta. Estaba adornada con intrincados tallados y símbolos, similares a los que habían visto antes en la cueva.

—Esta puerta debe conducir a una cámara oculta —dijo Emily, con los ojos muy abiertos por la emoción—. Tenemos que encontrar una forma de abrirla.

Con la ayuda de Emily, el equipo trabajó en conjunto para descifrar los símbolos de la puerta. Después de varios momentos de tensión, oyeron un clic satisfactorio cuando la puerta se abrió y reveló una cámara oculta.

La cámara estaba llena de cristales, cuya luz proyectaba un resplandor etéreo sobre la habitación. En el centro de la cámara había un gran pedestal tallado de forma intrincada, similar al que habían visto antes. Sobre el pedestal había un pequeño frasco transparente lleno de un líquido resplandeciente.

—Este debe ser el artefacto que los lumarianos estaban protegiendo —dijo Marcus, con voz llena de asombro—. El líquido dentro de este frasco podría contener la clave de su poder.

Mientras examinaban el frasco, notaron una serie de inscripciones en el pedestal. Emily se puso rápidamente a traducir los símbolos, con los ojos muy abiertos por la emoción.

"Estas inscripciones cuentan la historia de los lumarianos y su conexión con los cristales", explicó Emily. "Creían que los cristales eran un regalo de los dioses, una fuente de poder y sabiduría infinitos. Este frasco contiene la esencia de ese poder".

Los cazadores de tesoros rivales, que habían estado observando desde el borde de la cámara, dieron un paso adelante con los ojos llenos de codicia. "Entrégame el frasco", exigió el líder con la voz llena de determinación. "Es nuestro".

Alex se mantuvo firme, con los ojos llenos de determinación. "El frasco pertenece a todos. Necesitamos estudiarlo y compartir sus secretos con el mundo".

El líder entrecerró los ojos y levantó el arma. —No volveré a pedírtelo, Carter. Entrégame el frasco o lo tomaremos por la fuerza.

Antes de que la situación pudiera empeorar, Emily dio un paso adelante, con voz tranquila y firme. "No hay necesidad de violencia. Podemos trabajar juntos para descubrir los secretos del frasco. Aquí hay suficiente para todos nosotros".

El líder dudó y entrecerró los ojos mientras consideraba las palabras de Emily. —¿Y por qué deberíamos confiar en ti?

Emily lo miró a los ojos con una expresión sincera . —Porque todos estamos aquí por la misma razón. Queremos descubrir la verdad y compartirla con el mundo. Podemos lograr más trabajando juntos que luchando entre nosotros.

El líder pareció considerar sus palabras por un momento antes de bajar su arma. "Está bien. Trabajaremos juntos, pero no pienses ni por un segundo que confiamos en ti".

Una vez evitada la amenaza inmediata de violencia, los dos grupos acordaron una tregua temporal y continuaron explorando la cámara oculta; su incómoda alianza puso a prueba su unidad y su ingenio.

A medida que examinaban el frasco y las inscripciones, empezaron a descubrir el verdadero poder de los cristales. El líquido que había dentro del frasco era una esencia concentrada de la energía de los cristales, capaz de curar, iluminar y transformar a quienes lo utilizaban.

—Los lumarianos deben haber usado este frasco para aprovechar el poder de los cristales —dijo Marcus, con voz llena de asombro—. Necesitamos estudiarlo y comprender sus propiedades.

Alex asintió con la cabeza y sus ojos reflejaban determinación. "Debemos tener cuidado. El poder de los cristales es increíble, pero también puede ser peligroso. Debemos asegurarnos de que se utilicen de manera responsable".

A medida que continuaban con su exploración de la cámara oculta, el equipo sintió una creciente sensación de asombro y admiración. Habían descubierto un poderoso artefacto que contenía la clave de la sabiduría y el poder de los lumarianos . El viaje al corazón de la Cueva de Cristal apenas había comenzado y el equipo estaba listo para enfrentar cualquier desafío que se les presentara.

Juntos, explorarían las profundidades de la cueva, resolverían sus acertijos y descubrirían los secretos de los antiguos lumarianos . La leyenda de la Cueva de Cristal había cobrado vida y el equipo estaba listo para enfrentar cualquier desafío que se les presentara.

# Capítulo 10: El rompecabezas final

**El equipo se enfrenta a un último y complejo rompecabezas para descubrir los secretos del artefacto.**

El descubrimiento de la cámara oculta y del poderoso artefacto había acercado al equipo a descubrir los verdaderos secretos de la Cueva de Cristal. Sin embargo, sabían que su viaje estaba lejos de terminar. Las inscripciones en el pedestal insinuaban un último y complejo rompecabezas que era necesario resolver para liberar todo el potencial del artefacto.

Mientras examinaban el pedestal, notaron una serie de símbolos y mecanismos intrincados que parecían ser parte de un rompecabezas más grande. Emily, con su experiencia en lenguas antiguas, rápidamente se puso a trabajar para descifrar los símbolos.

"Este rompecabezas no se parece a nada que hayamos encontrado hasta ahora", dijo Emily, con el ceño fruncido por la concentración. "Los símbolos son increíblemente complejos y parece que necesitaremos manipular estos mecanismos en una secuencia específica para desvelar los secretos del artefacto".

Marcus, con su instinto de geólogo en acción, examinó los mecanismos de cerca. "Estos mecanismos están finamente elaborados. Un movimiento en falso y podríamos activar una trampa o dañar el artefacto".

Javier, que había estado explorando los bordes de la cámara, regresó con una mirada de determinación en su rostro. "Tenemos que ser cuidadosos, pero no podemos permitirnos perder el tiempo. Los cazadores de tesoros rivales siguen ahí afuera y no dudarán en tomar el artefacto por la fuerza".

**Tensión y suspenso en una lucha contra el tiempo y sus rivales**

El equipo sabía que estaban compitiendo contra el tiempo. Los cazadores de tesoros rivales seguían buscando en la cueva y era solo cuestión de tiempo antes de que encontraran la cámara oculta. La tensión en el aire era palpable mientras trabajaban juntos para resolver el rompecabezas final.

Alex tomó el mando, y su liderazgo y su rapidez de pensamiento guiaron al equipo a través del complejo rompecabezas. "Emily, concéntrate en descifrar los símbolos. Marcus, ayúdame con los mecanismos. Javier, estate atento a cualquier señal de los cazadores de tesoros rivales".

A medida que trabajaban, la presión aumentaba. Los mecanismos eran delicados y un movimiento en falso podía suponer un desastre. El equipo se movía con precisión y cuidado, con la mente concentrada en la tarea en cuestión.

La voz de Emily rompió el silencio. "He descifrado la primera parte del rompecabezas. Necesitamos alinear estos símbolos en una secuencia específica para desbloquear el siguiente mecanismo".

Con la guía de Emily, Alex y Marcus manipularon cuidadosamente los mecanismos y alinearon los símbolos según las instrucciones. Los mecanismos encajaron en su lugar y se abrió un compartimento oculto en el pedestal, que reveló otro conjunto de símbolos y mecanismos.

"Estamos avanzando", dijo Alex con voz decidida. "Sigamos adelante".

A medida que continuaban trabajando, la tensión en la cámara aumentaba. El sonido de los pasos resonaba por los túneles, un recordatorio constante de que los cazadores de tesoros rivales se acercaban. El equipo sabía que tenían que resolver el rompecabezas rápidamente, pero la complejidad de los mecanismos hacía que fuera una tarea abrumadora.

Javier, con la mirada fija en la entrada de la cámara, gritó: —Se están acercando. Tenemos que darnos prisa.

La mente de Alex trabajaba a toda velocidad mientras consideraba sus opciones. No podían darse el lujo de apresurarse y cometer un error, pero tampoco podían permitir que los cazadores de tesoros rivales se hicieran con el artefacto.

—Mantén la concentración —dijo Alex con voz firme—. Podemos lograrlo.

**El liderazgo y la rapidez de pensamiento de Alex conducen a un gran avance**

A medida que el equipo trabajaba en conjunto, el liderazgo y la rapidez de pensamiento de Alex comenzaron a dar sus frutos. Guió al equipo a través del complejo rompecabezas, con su mente aguda y sus manos firmes. Con cada movimiento exitoso, se acercaban cada vez más a desvelar los secretos del artefacto.

La voz de Emily rompió el silencio una vez más. "He descifrado la última parte del rompecabezas. Necesitamos alinear estos últimos símbolos y activar el mecanismo central".

Con la guía de Emily, Alex y Marcus manipularon cuidadosamente los mecanismos finales y alinearon los símbolos según las instrucciones. Los mecanismos encajaron en su lugar y el símbolo central del pedestal comenzó a brillar con una luz brillante.

—Lo hemos logrado —dijo Alex con voz triunfal—. Desvelamos los secretos del artefacto.

A medida que la luz se hacía más brillante, el pedestal comenzó a latir con energía. El compartimento oculto se abrió y reveló el verdadero poder del artefacto. El líquido dentro del frasco comenzó a brillar y el aire se llenó de una sensación de asombro y maravilla.

Los cazadores de tesoros rivales irrumpieron en la cámara con los ojos llenos de codicia. —Entreguen el artefacto —exigió el líder con la voz llena de determinación—. Es nuestro.

Alex se mantuvo firme, con los ojos llenos de determinación. "El artefacto pertenece a todos. Necesitamos estudiarlo y compartir sus secretos con el mundo".

El líder entrecerró los ojos y levantó su arma. —No volveré a pedírtelo, Carter. Entrégame el artefacto o lo tomaremos por la fuerza.

Antes de que la situación pudiera empeorar, Emily dio un paso adelante, con voz tranquila y firme. "No hay necesidad de violencia. Podemos trabajar juntos para descubrir los secretos del artefacto. Aquí hay suficiente para todos nosotros".

El líder dudó y entrecerró los ojos mientras consideraba las palabras de Emily. —¿Y por qué deberíamos confiar en ti?

Emily lo miró a los ojos con una expresión sincera . —Porque todos estamos aquí por la misma razón. Queremos descubrir la verdad y compartirla con el mundo. Podemos lograr más trabajando juntos que luchando entre nosotros.

El líder pareció considerar sus palabras por un momento antes de bajar su arma. "Está bien. Trabajaremos juntos, pero no pienses ni por un segundo que confiamos en ti".

Una vez evitada la amenaza inmediata de violencia, los dos grupos acordaron una tregua temporal y continuaron explorando la cámara oculta; su incómoda alianza puso a prueba su unidad y su ingenio.

A medida que examinaban el artefacto y las inscripciones, comenzaron a descubrir el verdadero poder de los cristales. El líquido dentro del frasco era una esencia concentrada de la energía de los cristales, capaz de curar, iluminar y transformar a quienes lo usaban.

—Los lumarianos deben haber usado este frasco para aprovechar el poder de los cristales —dijo Marcus, con voz llena de asombro—. Necesitamos estudiarlo y comprender sus propiedades.

Alex asintió con la cabeza y sus ojos reflejaban determinación. "Debemos tener cuidado. El poder de los cristales es increíble, pero también puede ser peligroso. Debemos asegurarnos de que se utilicen de manera responsable".

A medida que continuaban con su exploración de la cámara oculta, el equipo sintió una creciente sensación de asombro y admiración. Habían descubierto un poderoso artefacto que contenía la clave de la sabiduría y el poder de los lumarianos . El viaje al corazón de la Cueva de Cristal apenas había comenzado y el equipo estaba listo para enfrentar cualquier desafío que se les presentara.

Juntos, explorarían las profundidades de la cueva, resolverían sus acertijos y descubrirían los secretos de los antiguos lumarianos . La leyenda de la Cueva de Cristal había cobrado vida y el equipo estaba listo para enfrentar cualquier desafío que se les presentara.

# Capítulo 11: La verdad revelada

E l equipo descubre el verdadero propósito de la cueva de cristal y su artefacto

La luz de la cámara oculta seguía emitiendo energía mientras el equipo se reunía alrededor del pedestal, con el corazón palpitando de anticipación. Habían desvelado los secretos del artefacto, pero sabían que el verdadero propósito de la Cueva de Cristal aún no había sido revelado. Las inscripciones en el pedestal insinuaban un significado más profundo, uno que podría cambiar su comprensión de la historia y los mitos.

Emily, con su experiencia en lenguas antiguas, se puso rápidamente a traducir el conjunto final de inscripciones. Los símbolos eran intrincados y complejos, pero la determinación y la habilidad de Emily le permitieron avanzar rápidamente.

"Estas inscripciones cuentan la historia de los lumarianos y su conexión con los cristales", explicó Emily con voz llena de emoción. "Creían que los cristales eran un regalo de los dioses, una fuente de poder y sabiduría infinitos. Pero hay más que eso".

Marcus, con su instinto de geólogo en acción, examinó los cristales de cerca. "Los cristales parecen latir con energía, casi como si estuvieran vivos. Los lumarianos deben haber tenido un conocimiento profundo de sus propiedades y las usaron para aprovechar un poder increíble".

Javier, que había estado explorando los bordes de la cámara, regresó con una expresión de emoción en su rostro. "Encontré otra inscripción", dijo, y su voz resonó en la cámara. "Parece ser un mapa de la cueva, que muestra la ubicación de las diferentes cámaras y su significado".

A medida que juntaban las inscripciones, el equipo comenzó a descubrir el verdadero propósito de la Cueva de Cristal. Los lumarianos habían creado la cueva como un santuario, un lugar donde podían conectarse con lo divino y obtener sabiduría y conocimiento. Se creía que los cristales eran un conducto para esta conexión, lo que permitía a los lumarianos acceder al poder y la sabiduría de los dioses.

**Una revelación que cambia su comprensión de la historia y los mitos**

A medida que profundizaban en la historia de los lumarianos , el equipo comenzó a ver conexiones con otras civilizaciones antiguas. Los símbolos y las tallas de la cueva tenían sorprendentes similitudes con los encontrados en otros sitios antiguos de todo el mundo.

—Estos símbolos son similares a los que utilizaban los antiguos egipcios —dijo Emily con voz llena de asombro—. Es posible que los lumarianos tuvieran contacto con otras civilizaciones antiguas y compartieran sus conocimientos y tecnología.

Marcus asintió con la cabeza, con los ojos muy abiertos por la emoción. "Las formaciones geológicas de esta cueva también son similares a las que se encuentran en otros sitios antiguos. Es posible que los lumarianos tuvieran un conocimiento profundo de la energía natural de la Tierra y la usaran para crear estas increíbles estructuras".

Javier, que había estado examinando una serie de grabados en la pared, añadió: "Estos grabados sugieren que los lumarianos tenían conocimientos de astronomía y matemáticas muy adelantados a su tiempo. Debieron haber sido una civilización increíblemente avanzada".

A medida que continuaban explorando la cueva, el equipo descubrió más evidencia de las conexiones de los lumarianos con otras civilizaciones antiguas. Encontraron artefactos e inscripciones que insinuaban la existencia de una vasta red de conocimiento y tecnología que se había perdido en la historia.

"Los lumarianos no eran solo una civilización aislada", dijo Alex, con voz llena de asombro. "Eran parte de una red más grande de civilizaciones antiguas que compartían conocimiento y tecnología. La Cueva de Cristal es un testimonio de sus increíbles logros".

A medida que iban reconstruyendo la historia de los lumarianos y su conexión con los cristales, el equipo empezó a darse cuenta de que los mitos y leyendas que rodeaban a la Cueva de Cristal se basaban en hechos reales. Las historias sobre el poder de la cueva y la sabiduría de los lumarianos no eran solo cuentos fantásticos, sino reflejos de una civilización extraordinaria que alguna vez existió.

—Los mitos eran ciertos —dijo Emily, con la voz llena de asombro—. Los lumarianos eran una civilización real y la Cueva de Cristal era su santuario. Las leyendas sobre el poder de la cueva y la sabiduría de los lumarianos se basaban en hechos reales.

Marcus asintió con la cabeza, con los ojos muy abiertos por la emoción. —Los cristales de esta cueva no se parecen a nada que hayamos visto antes. Parecen latir con energía, casi como si estuvieran vivos. Los lumarianos deben haber tenido un profundo conocimiento de sus propiedades y los utilizaron para obtener un poder increíble.

Javier, que había estado examinando una serie de grabados en la pared, añadió: "Estos grabados sugieren que los lumarianos tenían conocimientos de astronomía y matemáticas muy adelantados a su tiempo. Debieron haber sido una civilización increíblemente avanzada".

A medida que continuaban explorando la cueva, el equipo descubrió más evidencia de las conexiones de los lumarianos con otras civilizaciones antiguas. Encontraron artefactos e inscripciones que insinuaban la existencia de una vasta red de conocimiento y tecnología que se había perdido en la historia.

"Los lumarianos no eran solo una civilización aislada", dijo Alex, con voz llena de asombro. "Eran parte de una red más grande de civilizaciones antiguas que compartían conocimiento y tecnología. La Cueva de Cristal es un testimonio de sus increíbles logros".

A medida que iban reconstruyendo la historia de los lumarianos y su conexión con los cristales, el equipo empezó a darse cuenta de que los mitos y leyendas que rodeaban a la Cueva de Cristal se basaban en hechos reales. Las historias sobre el poder de la cueva y la sabiduría de los lumarianos no eran solo cuentos fantásticos, sino reflejos de una civilización extraordinaria que alguna vez existió.

—Los mitos eran ciertos —dijo Emily, con la voz llena de asombro—. Los lumarianos eran una civilización real y la Cueva de Cristal era su santuario. Las leyendas sobre el poder de la cueva y la sabiduría de los lumarianos se basaban en hechos reales.

Marcus asintió con la cabeza, con los ojos muy abiertos por la emoción. —Los cristales de esta cueva no se parecen a nada que hayamos visto antes. Parecen latir con energía, casi como si estuvieran vivos. Los lumarianos deben haber tenido un profundo conocimiento de sus propiedades y los utilizaron para obtener un poder increíble.

Javier, que había estado examinando una serie de grabados en la pared, añadió: "Estos grabados sugieren que los lumarianos tenían conocimientos de astronomía y matemáticas muy adelantados a su tiempo. Debieron haber sido una civilización increíblemente avanzada".

A medida que continuaban explorando la cueva, el equipo descubrió más evidencia de las conexiones de los lumarianos con otras civilizaciones antiguas. Encontraron artefactos e inscripciones que insinuaban la existencia de una vasta red de conocimiento y tecnología que se había perdido en la historia.

"Los lumarianos no eran solo una civilización aislada", dijo Alex, con voz llena de asombro. "Eran parte de una red más grande de civilizaciones antiguas que compartían conocimiento y tecnología. La Cueva de Cristal es un testimonio de sus increíbles logros".

A medida que iban reconstruyendo la historia de los lumarianos y su conexión con los cristales, el equipo empezó a darse cuenta de que los mitos y leyendas que rodeaban a la Cueva de Cristal se basaban en hechos reales. Las historias sobre el poder de la cueva y la sabiduría de los lumarianos no eran solo cuentos fantásticos, sino reflejos de una civilización extraordinaria que alguna vez existió.

—Los mitos eran ciertos —dijo Emily, con la voz llena de asombro—. Los lumarianos eran una civilización real y la Cueva de Cristal era su santuario. Las leyendas sobre el poder de la cueva y la sabiduría de los lumarianos se basaban en hechos reales.

Marcus asintió con la cabeza, con los ojos muy abiertos por la emoción. —Los cristales de esta cueva no se parecen a nada que hayamos visto antes. Parecen latir con energía, casi como si estuvieran vivos. Los lumarianos deben haber tenido un profundo conocimiento de sus propiedades y los utilizaron para obtener un poder increíble.

Javier, que había estado examinando una serie de grabados en la pared, añadió: "Estos grabados sugieren que los lumarianos tenían conocimientos de astronomía y matemáticas muy adelantados a su tiempo. Debieron haber sido una civilización increíblemente avanzada".

A medida que continuaban explorando la cueva, el equipo descubrió más evidencia de las conexiones de los lumarianos con otras civilizaciones antiguas. Encontraron artefactos e inscripciones que insinuaban la existencia de una vasta red de conocimiento y tecnología que se había perdido en la historia.

"Los lumarianos no eran solo una civilización aislada", dijo Alex, con voz llena de asombro. "Eran parte de una red más grande de civilizaciones antiguas que compartían conocimiento y tecnología. La Cueva de Cristal es un testimonio de sus increíbles logros".

A medida que iban reconstruyendo la historia de los lumarianos y su conexión con los cristales, el equipo empezó a darse cuenta de que los mitos y leyendas que rodeaban a la Cueva de Cristal se basaban en hechos reales. Las historias sobre el poder de la cueva y la sabiduría de los lumarianos no eran solo cuentos fantásticos, sino reflejos de una civilización extraordinaria que alguna vez existió.

—Los mitos eran ciertos —dijo Emily, con la voz llena de asombro—. Los lumarianos eran una civilización real y la Cueva de Cristal era su santuario. Las leyendas sobre el poder de la cueva y la sabiduría de los lumarianos se basaban en hechos reales.

Marcus asintió con la cabeza, con los ojos muy abiertos por la emoción. —Los cristales de esta cueva no se parecen a nada que hayamos visto antes. Parecen latir con energía, casi como si estuvieran vivos. Los lumarianos deben haber tenido un profundo conocimiento de sus propiedades y los utilizaron para obtener un poder increíble.

Javier, que había estado examinando una serie de grabados en la pared, añadió: "Estos grabados sugieren que los lumarianos tenían conocimientos de astronomía y matemáticas muy adelantados a su tiempo. Debieron haber sido una civilización increíblemente avanzada".

A medida que continuaban explorando la cueva, el equipo descubrió más evidencia de las conexiones de los lumarianos con otras civilizaciones antiguas. Encontraron artefactos e inscripciones que insinuaban la existencia de una vasta red de conocimiento y tecnología que se había perdido en la historia.

"Los lumarianos no eran solo una civilización aislada", dijo Alex, con voz llena de asombro. "Eran parte de una red más grande de civilizaciones antiguas que compartían conocimiento y tecnología. La Cueva de Cristal es un testimonio de sus increíbles logros".

A medida que iban reconstruyendo la historia de los lumarianos y su conexión con los cristales, el equipo empezó a darse cuenta de que los mitos y leyendas que rodeaban a la Cueva de Cristal se basaban en hechos reales. Las historias sobre el poder de la cueva y la sabiduría de los lumarianos no eran solo cuentos fantásticos, sino reflejos de una civilización extraordinaria que alguna vez existió.

—Los mitos eran ciertos —dijo Emily, con la voz llena de asombro—. Los lumarianos eran una civilización real y la Cueva de Cristal era su santuario. Las leyendas sobre el poder de la cueva y la sabiduría de los lumarianos se basaban en hechos reales.

Marcus asintió con la cabeza, con los ojos muy abiertos por la emoción. —Los cristales de esta cueva no se parecen a nada que hayamos visto antes. Parecen latir con energía, casi como si estuvieran vivos. Los lumarianos deben haber tenido un profundo conocimiento de sus propiedades y los utilizaron para obtener un poder increíble.

Javier, que había estado examinando una serie de grabados en la pared, añadió: "Estos grabados sugieren que los lumarianos tenían conocimientos de astronomía y matemáticas muy adelantados a su tiempo. Debieron haber sido una civilización increíblemente avanzada".

A medida que continuaban explorando la cueva, el equipo descubrió más evidencia de las conexiones de los lumarianos con otras civilizaciones antiguas. Encontraron artefactos e inscripciones que insinuaban la existencia de una vasta red de conocimiento y tecnología que se había perdido en la historia.

"Los lumarianos no eran solo una civilización aislada", dijo Alex, con voz llena de asombro. "Eran parte de una red más grande de civilizaciones antiguas que compartían conocimiento y tecnología. La Cueva de Cristal es un testimonio de sus increíbles logros".

La comprensión de que los mitos se basaban en hechos reales cambió la forma en que el equipo entendía la historia. Siempre habían creído que las leyendas de la Cueva de Cristal eran solo historias, pero ahora sabían que se basaban en la verdadera historia de los lumarianos . La cueva no era solo un lugar de belleza y maravillas, sino un depósito de conocimiento y poder antiguos.

**La decisión de proteger los secretos de la cueva de la explotación**

A medida que el equipo fue descubriendo el verdadero propósito de la Cueva de Cristal y su artefacto, se dieron cuenta de que tenían la responsabilidad de proteger sus secretos. El poder de los cristales era increíble, pero también podía ser peligroso si caía en las manos equivocadas. Sabían que tenían que asegurarse de que los secretos de la cueva se usaran de manera responsable y no se explotaran para obtener beneficios personales.

—No podemos permitir que los cazadores de tesoros rivales se apoderen del artefacto —dijo Alex con voz decidida—. El poder de los cristales es demasiado grande para usarlo de forma irresponsable.

Emily asintió con la cabeza. —Tenemos que proteger la cueva y sus secretos. Los lumarianos crearon este lugar para salvaguardar su conocimiento y su poder. Tenemos que honrar su legado.

Marcus, con los ojos llenos de determinación, añadió: "Tenemos que asegurarnos de que el artefacto sea estudiado y comprendido, pero también protegido de quienes quieran usarlo indebidamente. El conocimiento y el poder de los cristales deben utilizarse para el bien común".

Javier, que había estado examinando las inscripciones, dijo: "Los lumarianos creían que los cristales eran un regalo de los dioses, una fuente de sabiduría e iluminación. Debemos asegurarnos de que su legado se preserve y se respete".

El equipo tomó la decisión de proteger la Cueva de Cristal y sus secretos de la explotación. Sabían que tenían la responsabilidad de garantizar que el conocimiento y el poder de los cristales se utilizaran para el bien común y no para obtener beneficios personales.

Mientras se preparaban para salir de la cueva, echaron un último vistazo a la cámara oculta y al artefacto. El viaje al corazón de la Cueva de Cristal había estado lleno de desafíos y descubrimientos, pero sabían que su trabajo estaba lejos de terminar. Habían descubierto el verdadero propósito de la cueva y su artefacto, pero también sabían que tenían la responsabilidad de proteger sus secretos.

"Hemos descubierto algo verdaderamente extraordinario", dijo Alex, con voz llena de asombro. "La Cueva de Cristal es un testimonio de la sabiduría y el poder de los lumarianos . Debemos asegurarnos de que su legado se preserve y se respete".

Con su determinación fortalecida, el equipo se preparó para salir de la cueva y compartir sus descubrimientos con el mundo. Sabían que tenían la responsabilidad de proteger los secretos de la cueva y garantizar que el conocimiento y el poder de los cristales se utilizaran para el bien común.

Mientras regresaban a través de los túneles, la luz de los cristales parecía guiarlos, arrojando un cálido resplandor sobre su camino. El viaje al corazón de la Cueva de Cristal los había cambiado y sabían que nunca olvidarían los increíbles descubrimientos que habían hecho.

La leyenda de la Cueva de Cristal había cobrado vida y el equipo estaba preparado para afrontar cualquier desafío que se les presentara. Juntos, se asegurarían de que los secretos de la cueva estuvieran protegidos y de que el legado de los lumarianos se preservara para las generaciones futuras.

# Capítulo 12: El regreso

**El equipo sale sano y salvo de la cueva y reflexiona sobre su viaje**

El viaje a través de la Cueva de Cristal había sido largo y arduo, lleno de desafíos y descubrimientos que habían puesto a prueba los límites del equipo. Mientras regresaban a través de los túneles, la luz de los cristales parecía guiarlos, arrojando un cálido resplandor sobre su camino. La sensación de asombro y maravilla que los había invadido antes ahora fue reemplazada por una profunda sensación de logro y reflexión.

Alex iba al frente, con la mente llena de pensamientos sobre los increíbles descubrimientos que habían hecho. Las inscripciones, los artefactos y el poderoso artefacto que habían descubierto habían cambiado su comprensión de la historia y los mitos. Los lumarianos no eran solo una leyenda; eran una civilización real con conocimientos y sabiduría que se habían perdido en el tiempo.

Cuando llegaron a la entrada de la cueva, el equipo se detuvo para echar un último vistazo a las cámaras ocultas y los cristales que los habían guiado. El viaje había estado lleno de desafíos, pero los habían superado juntos y su vínculo se fortalecía con cada paso.

"Lo logramos", dijo Emily con voz llena de orgullo. "Descubrimos los secretos de la Cueva de Cristal".

Marcus asintió y sus ojos reflejaron la luz de los cristales. —Los lumarianos eran una civilización increíble. Su conocimiento y sabiduría son un testimonio de sus logros.

Javier, que había sido el guía y protector del equipo, agregó: "Enfrentamos muchos peligros, pero salimos adelante juntos. El vínculo que formamos en este viaje es algo que nunca olvidaré".

Con una sensación de logro y gratitud, el equipo salió de la cueva y salió a la luz del sol. El bosque que les había parecido tan traicionero y amenazador ahora parecía un santuario, un lugar de belleza y maravillas.

**Deciden compartir sus hallazgos con el mundo de manera responsable**

A medida que regresaban a la civilización, el equipo comenzó a hablar sobre cómo compartirían sus hallazgos con el mundo. Sabían que el conocimiento y el poder de los cristales eran increíbles, pero también comprendían la responsabilidad que esto implicaba. Tenían que asegurarse de que los secretos de la cueva se utilizaran para el bien común y no se explotaran para obtener beneficios personales.

"Debemos tener cuidado con la forma en que compartimos nuestros hallazgos", dijo Alex con voz decidida. "El poder de los cristales es increíble, pero también puede ser peligroso. Debemos asegurarnos de que se utilice de manera responsable".

Emily asintió con la cabeza. "Deberíamos publicar nuestra investigación y compartir nuestros descubrimientos con la comunidad académica, pero también tenemos que trabajar con organizaciones que puedan ayudar a proteger la cueva y sus secretos".

Marcus, con sus ojos reflejando la gravedad de la situación, añadió: "Tenemos que asegurarnos de que el artefacto sea estudiado y comprendido, pero también protegido de quienes quieran usarlo indebidamente. El conocimiento y el poder de los cristales deben utilizarse para el bien común".

Javier, que había sido el guía y protector del equipo, dijo: "Debemos trabajar con las autoridades locales y las organizaciones de conservación para proteger la cueva y sus alrededores. Los lumarianos crearon este lugar para salvaguardar su conocimiento y poder. Necesitamos honrar su legado".

El equipo tomó la decisión de compartir sus hallazgos con el mundo de manera responsable. Sabían que tenían la responsabilidad de garantizar que el conocimiento y el poder de los cristales se utilizaran para el bien común y no se explotaran para beneficio personal. Trabajarían con la comunidad académica, las autoridades locales y las organizaciones de conservación para proteger la cueva y sus secretos.

**El crecimiento de Alex como personaje y los vínculos que se forman con el equipo**

Mientras regresaban a la civilización, Alex reflexionó sobre el viaje y el crecimiento que había experimentado como personaje. Los desafíos que habían enfrentado habían puesto a prueba sus límites, pero también habían fortalecido su resolución y determinación. Había aprendido la importancia del trabajo en equipo, la confianza y la responsabilidad, y sabía que llevaría estas lecciones consigo por el resto de su vida.

El vínculo que había formado con su equipo era algo que siempre atesoraría. Habían enfrentado innumerables peligros y superado numerosos obstáculos juntos, y sus experiencias compartidas habían forjado un sentido de camaradería y confianza que duraría toda la vida.

"Gracias a todos", dijo Alex con voz llena de gratitud. "Este viaje ha sido increíble y no podría haberlo hecho sin ustedes. El vínculo que hemos formado y los descubrimientos que hemos hecho son algo que nunca olvidaré".

Emily sonrió y sus ojos reflejaron la calidez de la luz del sol. "Hemos pasado por muchas cosas juntas y hemos salido fortalecidas de ellas. El conocimiento y la sabiduría que hemos descubierto cambiarán la forma en que entendemos la historia y los mitos".

Marcus, con los ojos llenos de orgullo, añadió: "Los lumarianos eran una civilización increíble y hemos tenido el privilegio de descubrir sus secretos. El viaje ha sido un desafío, pero también ha sido increíblemente gratificante".

Javier, que había sido el guía y protector del equipo, dijo: "Hemos enfrentado muchos peligros, pero también hemos formado un vínculo que durará toda la vida. El viaje ha estado lleno de desafíos, pero también de descubrimientos y experiencias increíbles".

Cuando llegaron al borde del bosque y vieron las vistas familiares de la civilización, el equipo supo que su viaje estaba lejos de terminar. Habían descubierto los secretos de la Cueva de Cristal, pero también tenían la responsabilidad de proteger su legado y garantizar que su conocimiento y poder se usaran para el bien común.

La leyenda de la Cueva de Cristal había cobrado vida y el equipo estaba preparado para afrontar cualquier desafío que se les presentara. Juntos, se asegurarían de que los secretos de la cueva estuvieran protegidos y de que el legado de los lumarianos se conservara para las generaciones futuras.

# Epílogo

El impacto del descubrimiento en el mundo y la comunidad académica

El descubrimiento de la Cueva de Cristal y sus secretos causó conmoción en la comunidad académica y en el mundo en general. Las noticias sobre los increíbles hallazgos del equipo se difundieron rápidamente, capturando la imaginación de académicos, historiadores y el público en general . Los lumarianos , que alguna vez se creyeron una mera leyenda, ahora eran reconocidos como una civilización real y avanzada con conocimientos y sabiduría que se habían perdido en el tiempo.

Las instituciones académicas y las organizaciones de investigación de todo el mundo estaban ansiosas por estudiar los artefactos y las inscripciones descubiertas por el equipo. Se celebraron conferencias, se publicaron artículos y se propusieron nuevas teorías, todas basadas en los descubrimientos revolucionarios realizados en la Cueva de Cristal. Los hallazgos del equipo desafiaron las narrativas históricas existentes y abrieron nuevas vías de investigación sobre las civilizaciones antiguas y sus conexiones.

El artefacto, con su esencia concentrada de la energía de los cristales, se convirtió en un foco de estudio. Los científicos e investigadores trabajaron incansablemente para comprender sus propiedades y aplicaciones potenciales. El conocimiento y el poder de los cristales prometían avances en campos como la medicina, la energía y la comunicación, pero también exigían un manejo cuidadoso y responsable.

La decisión del equipo de compartir sus hallazgos de manera responsable y trabajar con organizaciones de conservación para proteger la cueva garantizó la preservación del legado de los lumarianos .

La Cueva de Cristal se convirtió en un sitio protegido, con medidas para salvaguardar sus secretos y evitar la explotación. El mundo había adquirido una comprensión más profunda de su pasado antiguo y la sabiduría de los lumarianos siguió inspirando y guiando a las generaciones futuras.

**Pistas de futuras aventuras y misterios sin resolver**

A pesar de los increíbles descubrimientos realizados en la Cueva de Cristal, el equipo sabía que todavía quedaban muchas preguntas sin respuesta y misterios sin resolver. Las inscripciones y los artefactos insinuaban la existencia de una vasta red de civilizaciones antiguas que habían compartido conocimientos y tecnología. Las conexiones de los lumarianos con otras culturas y su comprensión de la energía natural de la Tierra eran temas que requerían una mayor exploración.

Alex, Emily, Marcus y Javier siguieron comprometidos con descubrir la verdad y continuar con su investigación. Sabían que el viaje al corazón de la Cueva de Cristal era solo el comienzo y que aún quedaban muchos secretos por descubrir. El vínculo del equipo y las experiencias compartidas habían forjado un sentido de camaradería y determinación que los acompañaría en futuras aventuras.

Mientras se preparaban para su próxima expedición, el equipo no pudo evitar sentir una sensación de emoción y anticipación. El mundo estaba lleno de misterios antiguos y tesoros ocultos, y estaban listos para enfrentar cualquier desafío que les aguardara. La leyenda de la Cueva de Cristal había cobrado vida y el equipo estaba ansioso por descubrir más maravillas ocultas del mundo.

**Una reflexión final sobre la leyenda de la cueva de cristal**

Mientras Alex se encontraba en el borde del bosque, mirando hacia la entrada de la Cueva de Cristal, sintió una profunda sensación de gratitud y reflexión. El viaje había estado lleno de desafíos y descubrimientos que habían puesto a prueba sus límites y habían cambiado su comprensión de la historia y los mitos. Los lumarianos no eran solo una leyenda; eran una civilización real con conocimiento y sabiduría que se habían perdido en el tiempo.

El vínculo que había formado con su equipo era algo que siempre atesoraría. Habían enfrentado innumerables peligros y superado numerosos obstáculos juntos, y sus experiencias compartidas habían forjado un sentido de camaradería y confianza que duraría toda la vida. El viaje le había enseñado la importancia del trabajo en equipo, la confianza y la responsabilidad, y sabía que llevaría estas lecciones consigo por el resto de su vida.

La leyenda de la Cueva de Cristal había cautivado su imaginación durante años y ahora había descubierto sus secretos. La cueva no era solo un lugar de belleza y maravillas, sino un depósito de conocimientos y poderes ancestrales. El legado de los lumarianos era un testimonio de sus increíbles logros y Alex estaba decidido a honrarlo y protegerlo.

Cuando se dispuso a unirse a su equipo, Alex sintió una renovada sensación de propósito y determinación. El viaje al corazón de la Cueva de Cristal lo había cambiado y sabía que aún quedaban muchas aventuras y descubrimientos por hacer. Juntos, seguirían explorando las maravillas ocultas del mundo y descubriendo los secretos del pasado.

La leyenda de la Cueva de Cristal había cobrado vida y el viaje del equipo estaba lejos de terminar. Con su vínculo y determinación, estaban listos para enfrentar cualquier desafío que se les presentara y garantizar que el legado de los lumarianos se preservara para las generaciones futuras.